ノー

越尾 圭

ハルキ文庫

角川春樹事務所

目次

プロローグ　十五年前

忘れられない日がある。

二月十六日、土曜日。樫山瑠美《かしやまるみ》は二つ下の妹の彩矢香《あやか》を連れ、午後から町田《まちだ》の駅前に服を買いにいった。

母がついていこうかと言ったけれど、彩矢香が「お姉ちゃんと二人がいい」とせがんだ。志望していた私立の高校受験を終えたばかりだったし、来年度から高校生になろうとする瑠美は、頼られた気がして嬉《うれ》しかった。町田なら小田急線で二駅と近い。母の許しを得て、二人でショッピングを楽しんだ。

その帰り道。

最寄《もよ》りの鶴川《つるかわ》駅に着いたのは夕方六時過ぎ。少し遅くなってしまった。自宅への近道だから、どちらからともなく田んぼ道を選んだ。途中、白いワゴン車の脇《わき》を通り過ぎようとした時だった。

車のスライドドアが開き、ナイフを持った男が目の前に現れた。

寒空の下、身を寄せ合うようにして歩きながら、買った服の話題で盛り上がっていた二人の周囲の空気が急速に凍りつく。

「おまえら、中学生か?」

弱々しい街灯の光を受けて鈍く輝く刃先と、濁ったような男の目が瑠美の視界を埋める。

どうしよう。どうすればいいんだろう。

彩矢香を見ると、顔を真っ青にして唇を戦慄《わなな》かせている。

彩矢香を連れて逃げなきゃ——。

でも足が動かない。なら、叫べばいい。それなのに声が出ない。どうして——。

「そんなのどうでもいいか。子どもにゃ、違いねえ。ちょっとこの車に乗ってくれよ」

ナイフをちらつかせている男が、脇に駐《と》めてある白いワゴン車に顎《あご》をしゃくった。後部座席のスライドドアが開いたままになっている。

車に乗っては駄目だ。従えば絶対に酷《ひど》い目に遭《あ》う。彩矢香はまだ中学一年生なんだから。

瑠美は彩矢香の手を握って、後ずさった。周辺は暗くなっている。この寒さの中、行き交う人は見当たらない。

「乗れって言ってるだろうが。刺されてえのか」

男は急に声を荒くして、ナイフを二人に近づけた。彩矢香の目から涙が溢《あふ》れ出す。

「じれったいな」

男はナイフをかざしたまま、彩矢香のもう片方の手をつかんで引っ張った。

「やめてよ。妹を放してよ」

瑠美も彩矢香の手を引く。「痛い」という彩矢香の悲痛な声を聞いて、手を放していたのは自分のほうだった。

男が彩矢香を抱きかかえる。彩矢香は手足をばたつかせ、激しく抵抗した。

「暴れるな。このガキ」

「やだ、やだ、やだ」

彩矢香が泣き喚《わめ》く。助けなきゃ。瑠美は肩に掛けていたバッグを男に投げつけた。バッグは男の左肩に命中して路上に落ちた。

「痛えな。調子に乗るんじゃねえ」

男がナイフを彩矢香の首元に当てる。彩矢香の首に一筋の赤い線が描かれていく。

「ひっ。お、お姉ちゃん……」

彩矢香が顔を引きつらせて動きを止めた。

「やめて！」

「だったらおとなしく乗りやがれ。姉ちゃん、おまえからだ。早くしねえと、妹の首を切り落とすぞ」

彩矢香を人質にとられ、瑠美はやむなく車に向けて足を踏み出した。全身が震えてうまく歩けない。早く。早く乗らないと彩矢香が——。

「ブルってるんじゃねえよ。だらしねえなあ」

男は彩矢香の首にナイフを突きつけたまま、瑠美の背中を蹴《け》った。不意を打たれ、瑠美は前方に転倒した。転んだ勢いで、持っていたショップの袋が道に放《ほう》り出される。肘《ひじ》や膝《ひざ》に痛みが走り、瑠美の目にも涙が滲《にじ》む。

「これで少しは体が温まっただろ。ほら急げ」

瑠美は洟《はな》をすすり、冷たいアスファルトに手をつけて力なく立ち上がった。擦りむいた両肘と両膝がひりひりする。恐怖と無力さを感じながら、開いている後部ドアの前に立つ。シートが後ろに倒されていた。ここに入ったらもう……。まるで地獄への門のように感じて足がすくむ。

「早く入れよ」

男が瑠美を突き飛ばす。瑠美は座席の足元に敷かれたフロアマットに両手をついた。また男に蹴られないかと怖れ、自ら車に乗る。男は彩矢香も車内に押し込むと、素早く二人のバッグとショップの袋を拾い、後部座席に乗ってきてドアを閉めた。

「手間取らせやがってよ」

男はバッグと二着の服が入ったショップの袋を、助手席に放り投げた。バッグにはケータイが入っている。隙《すき》を見て電話をかけるという手段は断たれた。

窮屈なスペースの中、男は座席の下から布とロープを取り出した。瑠美は男のほうへ足を伸ばして蹴りつけようとしたが、足首をつかまれてしまう。直後、左頰《ひだりほお》に痛みが走った。男が瑠美の頰を平手で打ったのだ。瑠美は怖ろしさのあまり体が動かなくなった。彩矢香は姉が叩《たた》かれたのを目の当たりにして、言葉を発せられないようだ。

男が瑠美、彩矢香の順に動きを封じる。目と口に布を巻かれ、手足を縛られた。

何も見えず、何も喋《しゃべ》れない。生まれて初めて感じる種類の恐怖が襲いかかってくる。

彩矢香の大きな呻《うめ》き声が聞こえてきた。パニックになって暴れているような振動が伝わってくる。

「静かにしやがれ」

男がシートを叩く。ナイフがシートに突き刺さるような音がした。彩矢香はおとなしくなったが、すすり泣きのような声がし始めた。

私はお姉ちゃんなのに――。

何もできない情けなさに涙が出てくる。

男が運転席に移動したようで、ワゴン車が動き始めた。

二人の泣き声は、車のエンジン音に掻《か》き消されていった――。

車に乗せられてから二時間ほどが経っただろうか。

その間、瑠美と彩矢香は為《な》す術《すべ》もなく車の中で揺られ続けた。二人が帰ってこなくて、心配そうにしている父と母の顔が浮かぶ。今頃《いまごろ》は警察に相談しているかもしれない。

でも、ケータイの入ったバッグは途中で男が棄《す》てたようだった。以前母から「ケータイにはGPSという機能があって、瑠美が今どこにいるかわかるんだよ」と教えてもらった。棄てられてしまっては、居場所はわからない。親子の間を繋《つな》いでいた見えない糸を切られてしまったように心細い。

やがて車は停止し、男がエンジンを切った。

「降りろ」

足のロープをほどいた男は、瑠美と彩矢香を車から降ろした。吹きすさぶ寒風が身を刺す。厚手のコートを着ているが、寒さが突き抜けてくる。

「前へ進め」

目隠しをされているので、瑠美は足先で探りながらゆっくりと歩き始めた。下は土のようだ。ここはどこなんだろう。

突如、彩矢香の泣き喚く声が響いた。瑠美はその場にしゃがみ込んだ。あまりの悲しさに涙が布を濡《ぬ》らしていく。

「ざけんな!」

男の怒鳴り声とともに、手が頬を打つ音がした。一度、二度、三度。男が彩矢香を叩いている。瑠美は立ち上がり、「やめて、やめてよ」と叫んだ。だが口が塞がれていて、声は声にならない。

彩矢香の喚きはおさまったが、しゃくり上げるような音が聞こえてくる。

「泣けば済むと思うなよ。わかったら、歩け」

足の裏を引きずるような音が聞こえてきた。彩矢香が歩き始めたようだ。瑠美は前を向き直り、歩みを続けた。
二、三メートルほど進んだところで、引き戸を開けるような音がした。
「入れ」

足を踏み入れると、靴底が土から木を踏む感覚に変わった。背後で戸の閉まる音がする。男が瑠美の背中を軽く押して中に促す。

「そこに寝転べ」

瑠美はその場に横たわり、仰向《あおむ》けの姿勢になった。男が再び瑠美と彩矢香の足を縛る。床から這《は》い上がる冷気が全身を包み込んでくる。二人の目と口に巻いた布を、男が剝《は》ぎ取った。

「お姉ちゃん」

寒さからか、恐怖からか、彩矢香の声は震えていた。

「彩矢香」

「静かにしてろ」

暗くてよくわからないが、山奥の小屋のようだ。気温は外とほとんど変わらない。男の姿は闇《やみ》と同化して、どす黒い影のように見えた。

闇の一部が明るくなる。男が自分のケータイの画面を表示していた。下から照らされている男の目つきは酷薄そうで、丸みを帯びた顎には髭《ひげ》が蓄えられている。それなりに若そうに見えるが、大人の年齢はよくわからない。

「おまえたちの名前と自宅の電話番号を教えろ」

瑠美は男が何をしようとしているのか理解した。身代金を要求するつもりだ。

「お金が欲しいの？」

「でなきゃ、誘拐《ゆうかい》なんてするかよ。ほら、言え」

教えたくなかった。こんな男に名前と電話番号を知られたくないし、両親に迷惑がかかる。逡巡《しゆんじゆん》していると、彩矢香が怯《おび》える声で懇願した。

「お姉ちゃん……教えようよ。早く帰りたいよ」

「妹のほうがよくわかってるじゃねえか。さっさと言え、こら」

彩矢香は怯えきっており、瑠美が教えなくてもきっと話してしまうだろう。彩矢香に負担をかけさせるわけにはいかない。瑠美は二人の名と電話番号を男に告げた。

「樫山瑠美、樫山彩矢香……と。どうだ？　おまえらの命、いくらにしてもらう？」

男はまるでショッピングを楽しんでいるような口ぶりで訊《き》いた。瑠美も彩矢香も答えずに黙っていると男は唾《つば》を吐いた。

「つまらねえな。そうだな……一人あたり五千万ってところか。合わせて一億。結構な額だな。どうやって受け渡しをさせようか。なあ、どうしたらいいと思う？」

男は金額だけでなく金の受け渡し方法も決めていなかったのか。

「ほら、姉ちゃん。おまえからだ。今度はちゃんと答えろよ」

男が瑠美の目の前にナイフをかざした。そんなことを訊かれても、答えられるはずがない。

「わからないよ」

「何でもいい。言ってみろよ」

男がナイフを瑠美の眼球に近づけてくる。

「ど、どこかに置くようにお父さんとかに伝えて、それを後で取りに行く」

ナイフの先端に怯《ひる》みながら、瑠美は早口で答えた。

「それは駄目だ。待ち伏せされてアウトだな。次、妹はどうだ？」

男がナイフを彩矢香に向けた。彩矢香は頭が真っ白になったように、茫然《ぼうぜん》とした様子で男を見上げている。

「自分で考えたら？」

見かねた瑠美が言うと、男は「何だと」と怒気を露《あら》わにして瑠美の頭をはたいた。

「痛いっ」

「俺《おれ》に意見するな。役に立たねえくせによ」

男は不機嫌な声色になり、近くにある物を思い切り蹴飛ばした。木製の何かがぶつかり合うような音が室内に響き渡る。

「きゃっ」

瑠美が声をあげると、男は「うるせえ。黙れ」と一喝した。

「所詮《しょせん》はガキだな。俺にだって考えくらいはある」

男はすぐそばの空いたスペースに移動して座り込んだ。きっと何も考えていなかったに違いない。計画性がなく、行き当たりばったりだ。こんな調子なら、必ず失敗するはず。

「彩矢香……きっと、もうすぐ帰れるから」

瑠美がささやくと、彩矢香は「本当？」と小声で応じた。

「うん。だからもう少し我慢しよ。ね？」

「いいよ……」

彩矢香の歯の根がかすかに鳴っている。怖いのはもちろんだが、寒くて震えているようだ。

「もうちょっと近くに行くよ」

瑠美は体を左右に揺らして背中で這い、彩矢香に身を寄せた。彩矢香の体温が伝わってくる。自分のぬくもりも彩矢香は受け取っているだろうか。

「ねえ、彩矢香。こういう時こそ、楽しい想像をしてみようよ」

「楽しい想像?」

「どこかに遊びに行くとか、そういうの」

「だったら、新しい服を着て遊園地に行きたいな。ディズニーランドがいい」

彩矢香の声に少しだけ張りが生じた。このあまりに酷い現実の中で、わずかでも希望を見いだしてくれただろうか。

「いいね。帰ったら行こう。服は……」

今日買った服は春物のブラウスだった。春休みにちょうどいいかもと思って買ったのだ。バッグは棄てられたが、服は処分し忘れたのか、男は小屋まで持ってきていた。男のケータイから放たれている光の端に、二人の服が入ったショップの袋がシルエットを描いている。でも、あの服を着たら今日の誘拐事件を思い出してしまうだろう。あらためて買いにいこうか。

「服は新しいの、ね」

彩矢香もわかっているのか、「新しいの」を強調した。瑠美は笑みを返す。

小屋の上のほうにある小窓から、明かりが射《さ》し込んできた。月明かりだ。先ほどよりは彩矢香の表情がわかる。彩矢香の目に生気が戻っているように見えた。あと少し我慢すれば……。

「お姉ちゃんは寒くない？」

「大丈夫だよ」

「もうすぐ高校生になるんだから、体を壊さないでね」

「合格発表はまだだし、入学も二ヶ月くらい先だよ」

瑠美が笑みを浮かべたまま答えると、彩矢香は「そうだった」と照れ笑いする。

「お姉ちゃんなら絶対合格するから」

「だといいけどね」

はにかんでいる彩矢香を見つめながら、この子を守らなくちゃと瑠美が念じた時だった。

「おまえら、仲がいいんだな」

男が戻ってきて、二人を見下ろした。その目は酷薄さに残忍さを加えたように不気味に輝いている。

「金はやめだ。面倒くせえ。代わりに素晴らしい質問を思いついた。どっちがいい？」

男の意図がわからずに瑠美が眉《まゆ》をひそめると、男はとんでもない問いを発した。

「どちらかが死ねば片方は生かしてやる。どっちがいい？　さあ、選べ」

何を言い出すのか。そんなの選べるはずがない。

しかし男の口調は本気のようだ。本気で二人のうちのどちらかを殺そうとしている。

「私が死ぬ」

瑠美は一瞬ためらった。答えたのは彩矢香だった。

「違う。私が――」

瑠美が遮ろうとした矢先、男は「遅えよ」と嘲笑《あざわら》い、彩矢香の左胸にナイフを突き立てた。抵抗する間もなかった。次の瞬間には、男がナイフを引き抜いていた。

「彩矢香！」

瑠美は彩矢香の顔をのぞき込んだ。半目でこちらを見ている。まだ息はある。

「早く救急車を呼んで。彩矢香が、彩矢香が」

「刺した本人が呼ぶわけねえだろ。おもしれえ冗談だな」

男は手を叩いて大笑いしている。

「お、ねえ、ちゃん……」

「彩矢香。ごめんね、私、私……」

彩矢香は力ない笑みを浮かべた。

「私で、いいの……。ぜ、絶対……」

「絶対、何？」

「そいつを懲らしめて……」

「うん、わかった。だから――」

彩矢香の目から光が消えていた。

「彩矢香？　彩矢香！　返事、してよ。ねえ、ねえってば」

押し潰《つぶ》されてどろどろになった希望が、真っ黒な絶望となって瑠美の心を覆い尽くす。

瑠美の目から、弁が壊れたように涙がとめどなく流れていく。

「はっは、やっぱり妹や弟のほうが献身的なんだよ。わかったか」

男が何かを言っているが、瑠美はただ彩矢香の亡骸《なきがら》に向かって泣き喚き続けた。

「約束は守ってやる。おまえは刺さねえ。恨むなら、ためらったおまえ自身を恨めよ」

瑠美は自分が責められた気がした。涙の底から新たな涙が湧《わ》き出てくる。

突然、閃光《せんこう》が走り、カメラのシャッター音がした。その方向へ顔を上げると、男がケータイを手にしていた。彩矢香の遺体を撮影したのだ。

「何をするの」

「証拠写真だよ。これだけのことを成し遂げたんだ。大いに評価してもらえるだろう」

男は不敵に笑い、ケータイをジーンズのポケットに押し込んだ。彩矢香の写真を誰《だれ》かに見せるのだろうか。

「やめて。その写真を消してよ」

「うるせえ。どうしようが俺の勝手だろ」

「ひどい……」

「おいおい、勘違いするなよ。俺は優しいんだ。このくらいの情けはあるんだぞ」

男は心外だというように言い、彩矢香と瑠美の手足を縛っていたロープをナイフで切った。

「うあああああ」

瑠美は叫びながら飛びかかろうとしたが、男は「おっと」とナイフを瑠美の鼻先に突きつけた。意思に反して瑠美の足が止まる。その直後、左頬に衝撃を感じ、瑠美は後ろに吹き飛んでいた。男が拳《こぶし》で殴ったのだ。頬から奥歯にかけて、痛みが広がっていく。口の中を切ってしまったのか、血の味が舌に染み渡る。

「俺がいくら優しいっていっても、反抗するやつはちゃんと躾《しつ》けないとな。最後に言っておくが、俺は絶対に捕まらねえぞ。俺がこれから行くところは、そういうところなんだからな。懲らしめられなくて残念だったな。じゃあな、姉ちゃん。この先は自力で何とかしろ。運がよけりゃ、生きて帰れるだろうよ」

男はナイフを構えたまま、小屋から出ていった。

「この……！」

瑠美は痛む左頬を手で押さえながら、男の後を追って引き戸に手をかけた。外側から施錠されているのか、力を込めても開かない。運がよければ生きて帰れるというのは、こういう意味か。

「悔しい……悔しいよ……」

瑠美は引き戸に拳をあてて項垂《うなだ》れた。

殴られた頬が痛い。寒さで耳が痛い。それ以上に心が痛い。

風に乗って、外から話し声が聞こえてきた。男がケータイで話しているようだ。瑠美は引き戸に耳をあてた。痛かったけれど我慢して押しつける。話の内容までは聞き取れない。もっと、もっと神経を集中させないと。

「……証拠……撮った……楽しみに……」

途切れ途切れに男の声が聞こえてきたが、内容までは把握できない。さらに耳をそばだてると、車のドアが閉まる音に続いてエンジン音がした。すぐにその音が遠ざかっていき、風の唸《うな》る声だけが残った。

ほとんど理解できなかったけれど、電話の相手に報告しているようだった。証拠というのは、彩矢香の遺体だろう。やはり誰かに見せるのだろうか。

月明かりを頼りに小屋を調べてみたが、入ってきた引き戸しか、外に出る手段はなかった。

落胆した瑠美は緩慢な動きで彩矢香のもとへと戻る。しゃがんで彩矢香の傍らで泣き暮れた。問われた時にためらったのもそうだし、そもそも彩矢香に語りかけなければよかった。男が身代金の受け取りに失敗するのをただ黙って待っていれば……。

「彩矢香、ごめんね。ごめんね……」

彩矢香にひたすら謝り続けていると、鉄っぽい匂《にお》いがするのに気づいた。血だ。自分の口の中からではない。彩矢香からだ。暗くてよくわからなかったけれど、きっとたくさん血が出て……。そう思うとまた涙が溢れてきた。

月が移動したのか、小窓から射し込む光が彩矢香を包み込んだ。彩矢香の姿が青白く浮かび上がる。瑠美は小窓を見上げた。半月が輝いている。立ってその月に手を伸ばしてみたが、小窓にすら届かない。深い吐息をつくと、白い息が視界を曇らせた。

「彩矢香、寒いでしょ」

部屋の片隅に置いてあるショップの袋を開けた。彩矢香が気に入った桜色のブラウス。少し薄めのピンク色が、春めいていてかわいい。自分の服も手に取った。こちらはちょっと大人っぽい白のブラウスだ。

瑠美は桜色のブラウスを彩矢香に掛けた。コートの上からだけれども、少しでも温かくしてあげたい。瑠美は白いブラウスを自分の肩にあてた。寒いのはほとんど変わらない。服は季節を先取りするものだよと彩矢香に偉ぶっていたのが、遠い昔のように思える。こんな目に遭うのなら、ちゃんとした冬物を買ってくれればよかった。

瑠美は自分の服も彩矢香に重ねて添い寝した。

このまま死んじゃっても仕方がない。私はそれだけのことをしたんだ――。

「俺は絶対に捕まらねえぞ」という男の声が蘇《よみがえ》る。

そうだ。死ぬなんて思っちゃ駄目だ。彩矢香は言ったのだ。「そいつを懲らしめて」と。あの男のことは考えるのすら嫌だけれど、思い出すんだ。でなきゃ、彩矢香との約束を守れない。

黒いダウンジャケットに膝のすり切れたジーンズ。靴は白っぽいスニーカーを履いていた。顔は、顔は……濁った目に丸みのある顎。髭があった。髪は長くはなかったはず。年齢は二十代か三十代……やっぱりよくわからない。どちらかと言えば若いほうかも。大人はみんな大きく見えるから身長もはっきりしないけれど、背は高かった気がする。

瑠美は男の特徴を記憶するために、頭の中で繰り返し言葉にした。私はあいつを忘れない。絶対に忘れてやるものか。

彩矢香の手を握った。

まだ温かい。

「彩矢香。お姉ちゃんは必ずあいつを……」

瑠美は手を握り続けた。やがて彩矢香の指から体温が失われ、硬くなってきた頃、瑠美は意識を失った。

瑠美が救出されたのは、誘拐から二日後の昼頃だった。

小屋は山梨県の山中にあった。小屋の持ち主が月に一度ほど点検に来ており、その際に見つけてくれたのだ。「運がよけりゃ、生きて帰れる」。それを聞いた瑠美は、あの男の声をまた思い出した。

彩矢香の葬儀はそれから三日後に執り行われた。

心身ともに激しく衰弱していた瑠美は入院を余儀なくされていたものの、葬儀に出たいと両親に訴えた。両親も彩矢香の死に打ちひしがれていたが、父は涙声で「三人で彩矢香を見送ろう」と、母と瑠美の肩を抱き寄せた。

瑠美は一時退院を許可され、通夜《つや》と告別式に参列した。真冬だったために刺された箇所以外は損傷や腐敗もなく、彩矢香は綺麗《きれい》な顔をしていた。眠っているようだった。

告別式には彩矢香の同級生たちがたくさん来てくれた。皆、泣いていた。その中でも、声をあげて泣きじゃくっていた男の子が印象に残った。

「悔しい……悔しいよ」

彼は焼香の番が回ってくると、彩矢香の遺影を見上げてつぶやいた。瑠美には聞こえた。自分が山小屋で言った言葉と同じだったからだ。彩矢香を大切に想《おも》ってくれていたのだろうか。生前、彩矢香が「気になる男子はいる」と照れくさそうに教えてくれたことがある。あの男の子かもしれない。目を腫《は》らしている彼にも申し訳なく思い、心の内で謝った。

瑠美の救出とともに警察は捜査を開始したが、男の行方はまったくつかめなかった。ワゴンは盗難車で、ナンバーをつけ替えられていたらしい。防犯カメラに車は映っていたが、運転中はサングラスとマスクで顔を隠しており、素顔は判別できなかったそうだ。

瑠美は繰り返し言葉にして覚えた男の特徴を伝え、合わせて似顔絵作成の手助けをした。自分では記憶していたつもりだったけれど、今思えば暗かったしあまり自信はなかった。あの男がどこかに電話をかけていたというのも話した。プリペイド携帯というのを使っていたらしく、電話をかけた相手だけでなく、男の足取りもつかめないという。

一ヶ月近くが経っても捜査に進展はない。

その間、第一志望の高校に合格したという通知を受け取った。喜ぶことなどできず、気分の沈んだ毎日を過ごした。さらには合格の数日後、瑠美が警察に話した内容が報道されてしまった。誘拐した男が「どちらが死ぬか選べ」と選択を迫った、あの発言だ。瑠美はネット掲示板を中心に「妹を見殺しにした姉」という誹謗《ひぼう》中傷を受けた。それはすぐに現実生活に飛び火し、瑠美は近所の人たちだけでなく、学校の生徒たちからもそういう目で見られるようになっていった。それでも卒業式まで登校を続けた。彩矢香はあの時、「私でいいの」と言った。見殺しにしたという誹謗中傷を認めてここで屈したら、彩矢香に顔向けできない。

だが彩矢香の死と瑠美への誹謗中傷――それらが両親の仲を裂いていくのに時間は要し

なかった。父は「なぜ二人で買い物に行かせたんだ」と母を責め続けた。母はひたすら謝るだけだったが、彩矢香が「お姉ちゃんと二人で買い物に行きたい」とせがんだのだ。死んでしまった彩矢香に責任を押しつけるわけにはいかない。母はそう考えているのだと思い、瑠美も父にその事実を明かさなかった。

春休みに入ってすぐ、母から「離婚した」と告げられ、母と一緒に町田市の自宅を去った。母の実家がある愛知県の名古屋《なごや》市に引っ越すそうだ。母が帰省する折に彩矢香ともよく遊びにいったけれど、三年前に祖父母が病気で相次いで亡くなってからは一度も訪れていない。古くて小さい一戸建てに、これからは母と二人で住むことになる。東京周辺に住み続けるとあの事件を思い出してしまうため、幼い頃から馴染《なじ》みのある名古屋に帰りたいと母は考えたようだ。

名古屋市港区新船町《しんふねちょう》という住所をあらためて聞いて、新たな船出を連想させる春っぽい地名だと思った。春休みには新しい服を着て、彩矢香と遊園地で遊んでいたはずなのに。

合格した都内の私立高校には入学せず、新一年生の欠員募集のある県立高校を探し、四月に入ってから転入試験を受けることになった。偏差値や校風にこだわってはいられず、通学圏内で四月から入学できる学校を選んだ。瑠美も今の心境のまま都内の高校に通う自信はなかったから、これでよかったと思っている。

瑠美は自宅を振り返った。「樫山」の表札。小さな庭のある二階建ての白い家。両親と彩矢香と過ごした日々が、そこにある。
瑠美はその家を目に焼きつけながら、彩矢香との約束を思い浮かべた。
絶対にあの男を見つけ出して、懲らしめてやる。
と同時に、強く誓った。
私はもう、ためらわない——。

第一章　協力者

1

伊藤《いとう》瑠美は肩から回された男の腕に、そっと手をあてて指を這《は》わせた。

瑠美は彼に目で急《せ》かす。男は「わかっている」というように笑う。

渋谷のクラブのＶＩＰルームだった。瑠美と男の前には、スーツ姿の二人の若い男が硬い顔をして座っている。

「おい、まだ数えてるのか」

瑠美の隣の男が、こちら側に座るもう一人の若い男に問いかけた。

「今、終わります。二百万、確かに」

「よし。チャカはそちらの希望どおり。ベルギー産ブローニング、弾付き五丁でその値段だ。破格だろ」

前に座る男たちが、二つあるアタッシュケースの中から拳銃《けんじゅう》を取り出して検分する。

「ブツは本物だ。ちゃっちゃと終わらせてくれよ」

瑠美の隣に座る男は、この取引の後の時間を瑠美と楽しみたいからか、商談を早く終わらせようとする。男は瑠美の肩に回したままの腕を少し上げ、ダークブラウンに染めたセミロングの髪先を撫《な》でた。瑠美がその手を軽く払いのける。男の手は瑠美の二の腕に移動し、ぐっと引き寄せた。瑠美が着ている青いワンピースの袖《そで》に深い皺《しわ》が走る。男は三十五歳だそうだが、黒いシャツの腋《わき》の下から饐《す》えたような臭《にお》いがした。

「問題ありませんね。では、我々はこれで」

拳銃を検《あらた》めていた男たちはアタッシュケースを閉じ、把手《とって》を持って立ち上がる。商談が始まって十分も経《た》っていなかった。

瑠美の隣にいる男が腰を上げた。

「俺《おれ》たちも――」

男が瑠美に語りかけた瞬間だった。

部屋のドアが勢いよく開けられ、スーツ姿の男たちがなだれ込んでくる。

「警察だ。拳銃の密売……銃刀法違反で現行犯逮捕する」

先頭にいた眼鏡の男が宣告すると、屈強そうな刑事たちがこの部屋にいる全員を取り押さえにかかった。商談をしていた男たちは抵抗を試みるが、あえなく確保されていく。騒ぎの隙《すき》に逃げようとする瑠美の前にも、胸板の厚い刑事が立ち塞《ふさ》がった。

「あんたもだ」

「私は関係ないから」

瑠美は泣きながら釈明するが、刑事が見逃してくれるはずはなかった。瑠美の細い手首に冷たい手錠が掛けられる。両手の自由を奪われた瑠美の前を、隣に座っていた男が連行されていく。

「いい女を台無しにしちまった。巻き込んですまなかったな」

涙を流して茫然《ぼうぜん》としている瑠美に、男は小さく頭を下げた。

「私語は慎め」

刑事に注意され、男は肩を落として部屋から出ていった。ほかの男たちも続々と引っ張られていく。

「あんたも来い」

瑠美に手錠を掛けた刑事が、横に立って歩き始めた。クラブの店員や客たちが、何事かと興味深そうな視線を向けてくる。瑠美は二重瞼《ふたえまぶた》の大きな目を伏せ、極力下を見て歩いた。スマホで撮影しようとした者がいたが、そのたびに刑事たちが制していた。

店の外には警察車両が何台か停《と》まっており、明滅する赤色灯が渋谷の街を赤く染めている。逮捕された男たちはマイクロバスのような護送車に乗せられていった。

「あんたは女だから、こっちの車だ」

刑事はほかの刑事や逮捕された者たちに聞こえるほどの大声を出し、少し離れたところにある黒い車に瑠美を連れていく。刑事が後部座席のドアを開け、「乗れ」と命じた。

後部座席の奥には、先ほど先頭にいた眼鏡の刑事が正面を見据えて座っている。瑠美は瑠美は洟《はな》をすすってから座席におさまった。ドアが閉められて車が動き始めると、眼鏡の刑事が瑠美の手を取った。小さな鍵《かぎ》をその手に向け、静かに手錠を外す。

「ルーシー、今回もお疲れさま」

刑事は前方に向き直り、手錠をスーツの懐《ふところ》に仕舞いながら瑠美を労《ねぎら》った。

「あのさあ、名取《なとり》さん。手錠を掛けた捜査員、ちょっと雑じゃない？　手が痛いんだけど」

瑠美は手首をさすりながら、名取にクレームを入れた。名取が眼鏡の位置を直して苦笑する。

「後でよく言っておくよ。報酬はいつもの口座に」

「あの暴力団員からセクハラまがいの扱いも受けたんだよね。ちょっと上乗せしてくれると嬉《うれ》しいな」

瑠美が脚を組んで名取のほうをのぞき込むと、名取は横顔で笑っていた。今日は泣いて化粧がだいぶ崩れている。こういう時、名取は決まって瑠美の顔を見ない。彼なりに気をつかっているようだ。

瑠美は捜査員の代わりにターゲットに接近する「協力者」だ。一般人だが案件に応じて現場に潜入し、警視庁に情報を提供する。危険の代償として成功報酬を受け取る「協力者業」が瑠美の仕事で、「ルーシー」は瑠美の名前を由来とするコードネームだ。

今回はとある暴力団の組員に取り入り、拳銃の密売の情報を仕入れた。警視庁組織犯罪対策部の警部で、瑠美の窓口である名取にこの情報を流した。今日はその商談日であり、瑠美の任務が完了する日でもあった。最初に組員と接触してから二十二日が経っていた。

瑠美と名取を乗せた車は明治通りを北上していく。貸与されているスマホを名取に返した。潜入先に個人情報を特定されないため、任務中は警視庁から端末を借り、任務が終わったら返却する。

車は都電の鬼子母神前《きしぼじんまえ》駅の近くで停まった。

「じゃ、またいい案件があったらよろしく」

瑠美は降り際、名取に小さく手を振った。名取は斜め左下に頭を傾け、「こちらこそ」と応じる。

車は静かに走りだし、流れる車たちの中に紛れていった。

2

瑠美は鬼子母神前駅から歩いて二分ほどの十階建てマンションに住んでいる。

任務中は安全面への配慮から、警視庁がマンションも用意してくれる。今回は代々木《よよぎ》でしばらく暮らしたが、もう戻る必要はないため、こうして本当の自宅まで送ってもらったというわけだ。代々木のマンションにあった荷物は、今朝宅配便で送ってある。

七階にある自室のドアを開けた。約三週間ぶりだ。今回は結構早く終えられた。

1LDKのリビングに入ると、その場にしゃがみ込んだ。

動悸《どうき》がして体が震え始め、両腕で自分の体を抱きかかえる。

怖かった――。

任務が完了し、自宅に帰るといつもこうなる。荒々しい態度と横柄な口調の男たちに囲まれ、殴られやしないか、殺されてしまわないか、いつも怯《おび》えている。その緊張感の中に身を投じている任務の際は何とか自我を保っていられるが、こうして任務から解放されて自分だけの空間に戻ってくると、これまでの記憶が一気に脳に流れ込んできて精神的に追い込まれていく。

PTSD――心的外傷後ストレス障害かどうかは、わからない。診断が下されるのを恐れて、受診はしていない。でも、十五年前のあの事件が起因となっているのは明らかだった。

今日も横に座っていた男の腕の感覚や体臭が思い出され、鮮明にフラッシュバックしてくる。呼吸が荒くなり、胸が締めつけられる。目の奥に熱を感じたかと思うと涙が溢《あふ》れ出し、頰《ほお》から顎《あご》を伝った滴《しずく》が床に落ちていく。

しばらく感情の赴くままに泣いていると、徐々に落ち着きを取り戻してきた。

瑠美は立ち上がり、バスルームに足を向けた。バスタブに湯を張っている間に着替えを用意する。ふと、洗面台の鏡に映っている自分に気づく。普段から大きな二重瞼が、泣いたせいでさらに大きく腫《は》れていた。厚めの唇に塗られた口紅に涙の跡がある。鼻先も赤い。

「ひどい顔」

そうつぶやくと、鏡の中の自分が小さく笑い、両頰にえくぼが刻まれた。ちょっと持ち直してきたかな。ゆっくり湯船につかろう。瑠美は服と下着を脱いでクレンジングの道具を手にし、湯気の満ちた浴室に足を踏み入れた。

バスタイムを終えると、白いTシャツと黒い細身のスウェットに着替えた。

今日は三月二十七日。夜はまだ肌寒い。高円寺《こうえんじ》の古着屋で買ったベージュのカーディガンを羽織り、テーブルの引き出しに仕舞っておいた自分のスマホを取り出した。電源を入れる。時刻は午後十時三十七分だった。この三週間の着信履歴やメール、メッセージを確認した。誰《だれ》からも連絡はなかった。最も新しいものは、今回の潜入前にかかってきた名取からの依頼の電話だ。

瑠美はスマホをテーブルに置いた。その隣にあるベージュのヘアバンドをかぶって額を出し、キッチンへ移動する。解凍した手羽先に薄力粉をまぶし、フライパンでオリーブオイルを熱してから手羽先を入れる。蓋《ふた》をして焼いている間に、醤油《しょうゆ》やみりんで甘辛のタレを作った。五分ほどして手羽先を裏返し、再び蓋をかぶせて十分待つ。タレを絡めて白ごまをまぶして皿に盛った。

高校に入学してから卒業するまで名古屋に住んでいたから、当時よく親しんでいた料理を今もたびたび自炊したり、外食時に食べたりしている。手羽先もそのうちのひとつだ。

香ばしい匂《にお》いを味わいながら、キッチン脇《わき》の戸棚に並ぶスコッチウイスキーのボトルを眺める。ウイスキーにはスコットランドのスコッチ、アメリカのバーボン、日本のジャパニーズウイスキーなどの種類があるが、瑠美はスコッチが気に入っている。ボトルを前にしていると気分が上がってきた。どれにしようかなと、鼻歌を奏でながらボトルの上空で指を舞わせる。

「決めた」

ラガヴーリン16年のキャップに、人差し指が着地した。一本一万円以上する銘柄だが、今日は奮発してもいいだろう。ウイスキーの年数表記は樽《たる》の貯蔵年数の最も短い原酒の酒齢が記載される。たとえば「16年」と記載されていれば、貯蔵期間が最低十六年以上のさまざまな年数の原酒が使用されているという意味だ。一概には言えないが長いほど熟成感が増すとされ、価格も高額になっていく。

瑠美はボトルとグラスを手にすると、二人がけの赤いソファに座った。グラスはオーストリアのリーデル社の薄めのものを使っている。口に触れるリムの部分が薄いほど口当たりがよくなるからだ。濃厚な黄金色の液体をグラスの四分の一ほど注ぎ、一口飲む。スモーキーな味わいを追いかけるようにして甘さが口に広がる。おいしい。

手羽先をつまみにウイスキーを舐《な》めていると、頭がぼんやりとしてきた。

小ぶりの本棚の端にある写真立てに目を向けた。

笑顔の彩矢香がいる。小さい頃《ころ》、似ているねとよく言われた。自分と同じく大きな二重瞼の目が、笑って線になっている。

「また見つけられなかったよ。ごめんね」

瑠美は彩矢香に謝った。

あの日、彩矢香を殺した男の行方はわかっていない。氏名も不明だ。瑠美の証言によって人相書きによる指名手配がされたが、有力な情報はなかったようだ。

彩矢香との約束――男を見つけ、懲らしめる。

「懲らしめる」というのは、捕まえて、痛めつけて、殺して……さまざまな意味にとれるが、あの男に罪を償わせて欲しいのだと、瑠美は解釈している。

そのために警察官への道も考えた。しかし警官になったとしても、希望する業務が選べるわけではない。捜査課に配属されるかどうかもわからない。仮にされたとしても、あの事件の捜査には加われないだろう。殺人事件の時効はなくなったとはいえ、十五年前の事件だ。捜査班は縮小されているはず。そんなところに人を補充するなんて考えられないし、身内が殺された事件の担当だってできないはずだ。捜査状況を知ることはできるかもしれないが、自分が動けなければ意味はない。

男を捜し出すなら、自由に行動したい。狙《ねら》う先は私が選ぶ。

男は「俺《おれ》は絶対に捕まらねえぞ。俺がこれから行くところは、そういうところなんだからな」と発言した。彩矢香の写真を撮って、「これだけのことを成し遂げたんだ。大いに評価してもらえるだろう」とも言っていた。さらには電話の相手の存在――。

これらの情報を繋《つな》ぎ合わせると、事件を起こしたあの男を評価するような場所、すなわち暴力団やそれに近しい組織にいるのではないかと瑠美は推測した。犯行を指示した者がいたのならそいつも許せないが、彩矢香を殺したのはあの男だ。まずはあの男を捜し出すことに全力を尽くす。

男を捜すとなると、身を守る術《すべ》が必要だ。自宅の近くにあった合気道の道場の門を叩《たた》き、定期的に通った。師範は瑠美の身の上を聞いて、真摯に向き合ってくれた。練習は厳しかったけれど、最低限自分の体を守れるくらいの技は身につけることができた。

母がスーパーでパートをしていたので、瑠美も定食屋をアルバイト先に選んだ。食費をできるだけ浮かせるため、二人とも見切り品や賄いがある店で働いた。

母の旧姓である「伊藤」を名乗っていたこともあり、瑠美があの事件の被害者というのは、同級生たちには知られなかった。仲のいい友だちもでき、高校生活はあっという間に過ぎていった。

ところが、高校の卒業式直前に母が病気で死んだ。まだ四十五歳だったけれど、胃がんだった。数々のストレスが彼女を蝕《むしば》んでいったのかもしれない。母が最期に呼んだ名は彩矢香だった。瑠美はそれでいい、と思った。

離婚した父は母の葬儀に来なかった。瑠美に電話一本すら寄越《よこ》さない。養育費を一銭も払ってこなかった男だ。瑠美や彩矢香が小さい頃はそんなふうじゃなかったのに、さもありなんと妙に納得した。

残ったお金は六百万円を少し切るくらい。離婚の際の財産分与と、母がスーパーのパートで細々と貯《た》めたお金に加え、わずかばかりの保険金。そこに瑠美が定食屋のアルバイトで貯金していた分を足した額だ。

六百万弱――通帳の数字を眺めながら、瑠美は小さく笑みを浮かべた。これだけあれば充分だ。お母さん、ありがとう。

もともと進学する気はなかったから、母を送り出したのを機に行動を開始した。まず、名古屋の繁華街の栄《さかえ》にあるクラブで知り合った男から情報を得て、ある貿易系のフロント企業に潜《もぐ》り込んだ。あの男を捜すためだ。東京にいる可能性もあるが、名古屋にも暴力団組織はある。灯台もと暗しと言うし、近場から捜していくのがいいだろう。

その組織はタイからコカインを仕入れて密売していた。あの男がいないとわかると、去り際に愛知県警にタレ込んだ。組織を潰《つぶ》せば、あの男の行き場が減るはずだ。結果、その組織は警察の摘発が原因で壊滅した。

同様の行為を繰り返すつもりではいたが、タレ込みは常にできるわけではないし、生活費も稼がなければならない。栄から離れた大曽根《おおぞね》駅の近くにあるキャバクラでバイトを始めた。客と話をするのは嫌いではなかったし、しつこい客をあしらうのも得意だ。客から暴力団に関する情報が入ることもあり、そういう時はお酒をたくさん振る舞って巧みに聞き出した。情報を得るのにも適した職場だった。

約三年で四件のタレ込みを成功させたが、やがて焦りが生じ始めた。名古屋にはいないのではないか。もっと大きな都市に潜んでいるかもしれない。一箇所に留《とど》まってタレ込みを続けると面が割れてしまい、リスクが高まる危険性もあった。

東京に行こうとも考えたが、名古屋からなら大阪のほうが近い。それに東京に再び住み始められるほど、傷が癒えているとは言いがたかった。

名古屋を出るとなると、母と暮らした家には住めなくなる。母が遺してくれた六百万はほとんど減らさずに生活できていたけれど、それは家賃の負担がないからだ。迷った結果、自宅と土地を売った。狭くて不便な場所だったから大きな金額にはならなかったけれど、数年間はやっていけるだけの蓄えはできた。

大阪に移り住んだ後もキャバクラで働きながら、組織に潜って男を捜し続け、タレ込みも継続した。大阪で二年過ごして三件のタレ込みをしたが、あの男は見つけられなかった。次はいよいよ東京と思ったものの、福岡にも暴力団組織が多くあると聞いた。少しの期間、探ってみるのもいいだろうと考え、福岡市内に転居した。しかし一年ほど経った頃に店の客につきまとわれて身の危険を感じ、やむなくこの地を後にして、東京へと移り住んだ。福岡でのタレ込みは一件に終わった。

東京では都心からやや離れた調布市《ちょうふ》の仙川《せんがわ》に住み、調布駅の近くにあるキャバクラに勤めた。

この頃までは、タレ込みを終わらせても異常はなかった。だが一度、暴力団員の男に激しく殴打され、頭から流血したことがあった。合気道の心得はあれど、不意打ちをくらってしまったのだ。その日、帰宅すると動悸がするようになり、その日を境に精神的に不安定になっていった。

彩矢香が殺された事件を忘れたことはなかったが、当時の記憶がより鮮明になってきて苦しめられた。あの男の顔、あの男の声、あの男に蹴《け》られ、殴られ……それらの記憶が一斉に襲いかかってくる。それでも、やめるつもりはなかった。彩矢香との約束を果たす。それだけを心の拠《よ》りどころにして、瑠美は男を捜し続けた。

東京に移り住んで三年が経ち、五回目のタレ込みに成功した時だ。ヘロインの受け渡し現場に警官がなだれ込んできた。逃げ遅れてしまい、瑠美も逮捕されてしまう。連行されていった目白《めじろ》署の取調室で、自分がタレ込んだと明かした。警視庁にタレ込んだのはこれが五回目で、それまでの四回分に加えて名古屋と大阪、福岡で行った八回分についてもどのような情報を提供したか詳細に説明した。

採尿された後、取調室でしばらく待たされた。やがて、眼鏡をかけた三十代半ばくらいの捜査員が部屋に入ってきた。室内にいた捜査員は退室し、眼鏡の捜査員と瑠美だけになる。

「警視庁組織犯罪対策部の名取だ。伊藤……瑠美さんだね。これが五回目のタレ込みと聞いたが」

「そうだよ。全部匿名でのタレ込みだけど」

「君が説明した調書を見た。愛知県警、大阪府警、福岡県警にも照会し、過去九年で十二回、情報提供された内容とすべて合致した」

「あたりまえじゃん。今回だって悪いことはしてないでしょ。私はヤクをやっていないし、売ってもいない」

「採尿検査はシロだった」

「でしょ。もう帰してよ」

「だが君はヘロインの取引現場に居合わせた。麻薬所持の罪に問われる可能性がある」

「そんな。私は所持なんてしていないし、むしろ警察の捜査の手助けをしてるんだよ」

罪に問われるなんて心外だった。

「手助け……か。そもそも、なぜタレ込みを？」

「暴力団とかそういう組織を潰したいから。いいことでしょ」

「どうして潰したいんだ」

彩矢香の件を話そうかとも思ったが、いまだにあの男は捕まっていないのだ。捜査に進展なんかないに違いない。それに警察に言ったところで、理解してもらえるとは思えなかったし、初めて会う男に本心をさらけ出したくなかった。

「悪い組織を懲らしめる。それ以外に理由なんてない」

「まあ、今はそれでいい」

名取は信じてはいないようだったが、それ以上深くは詮索《せんさく》してこなかった。

「つまり君は、そういった組織をなくそうとして、あえて彼らに近づいていたんだな？」

「そのとおりだよ。だから犯罪なんてしてない」

「主観的にはそうだろう。だが客観的に見ると、君はヘロインの密売現場にいた」

「まわりくどいなあ。要は私を逮捕して、ほかのやつらと同じように有罪にしたいだけなんでしょ。そうすればあなたたちは点数が稼げるし」

「確かに点数稼ぎにはなるな」

「ふざけないでよ。あなたたちの出世のためにタレ込んだわけじゃない」

瑠美の批判に、名取は顔色を変えずに言った。

「君にひとつ取引を提案したい」

「取引？」

「今回を含めて十三回。そのタレ込みは、すべて君からのものだとわかった。だから俺はここへ来た」

「どんな提案なの。早く教えてよ」

「君、プロの協力者にならないか」

「はぁ？」

わけがわからず、思いっきりのしかめ面を意識して「意味不明なんだけど」と言い捨てた。

「協力者というのは、君の言う『悪い組織』に潜入して、警察に情報を提供する者のことだ。引き受けてくれれば、これまでの罪は不問にしてもいい」

「断ったら？」

「過去のタレ込みも犯罪の現場だったり、犯罪者と一緒にいたりしたんだろう？　それも含めて粛々と手続きを進めさせてもらう」

「脅すの？」

「脅しじゃない。取引だ」

瑠美は押し黙った。こんな話、信じられるだろうか。何か裏があるんじゃないだろうか。それにこれは警察の手先になるという意味ではないか。

「警察の犬になれと？」

「犬じゃない。協力者だ」

「今ここで答えないと駄目？」

「多少の猶予は与えよう。ただ、四十八時間以内に検察に送致しないといけない。それまでに答えをくれ」

名取が席を立つ。

「ちょっ……。帰してくれないなら、私はどうすればいいの」

「今夜は留置場で過ごしてくれ。一部屋空いているそうだ」

「はぁ？」

名取がドアを開けると、先ほどまで取調室にいた捜査員が入ってきて、留置場に連れていかれた。初めて入った留置場は想像していたよりも小綺麗《こぎれい》だったけれど寒々しく感じた。

瑠美は畳敷きの床の上で両膝《りょうひざ》を抱えた。名取の提案を呑《の》むしかないのではないか。何をさせられるかは知らないが、情報提供をすればいいと言っていた。それなら、やることはタレ込みと変わらないはず。詳しい話を聞いて、納得できれば引き受ければいいし、納得できなければ拒否すればいい。前科があれば、組織に入り込みやすくなるかもしれない。それはそれで悪くないだろう。

翌朝、名取からの提案を受けようと思うから、詳しい話を聞きたいと目白署の捜査員に伝えた。それなのに、夜になっても名取はやって来ない。検察への送致まで四十八時間しかない。貴重な時間が半分も過ぎてしまった。まさか嵌《は》められたのかと疑い始めた時、鉄格子の向こうに名取が現れた。

「すまない。忙しくて遅くなった」

「あのさあ、こんなに待たせるなんて聞いてないよ」

瑠美の文句を聞き流しながら、名取が署員に頼んで扉を開ける。

「詳しい話をする。来てくれ」

留置場から出された瑠美は、署内の会議室に案内された。カーテンのかかった窓やホワイトボードがあり、取調室よりは落ち着く雰囲気だ。

「あらためて、名取だ」

名取が名刺を差し出した。名取和明《かずあき》。所属は警視庁組織犯罪対策部、役職は警部補とある。

「提案を受けてくれるとのこと、感謝する」

「まだ早いよ。詳しい話を聞いてから判断させてもらう」

名取の動きが一瞬止まったが、口元をわずかにゆるめた。

「そういうことか。まあいいだろう。さっそく始めよう」

名取の話によると、警視庁で専従協力者を雇用する計画があるという。契約書を交わし、懸賞金の名目で報酬を支払う新しい試みだ。捜査員は日々多くの事件を担当し、慢性的な人手不足に陥っている。その不足分をアウトソーシングし、情報提供に特化した人員を雇うというのが計画の骨子だそうだ。

「情報提供者に対する報奨金制度というものがある。重大事件の際の懸賞金もそうだし、拳銃や麻薬密売などの犯罪に関する情報提供、さらには捜査のために庭先に防犯カメラを設置してもらうといった程度の協力にも支払われる。ただ、それらはスポット的な報奨で、継続性があるわけじゃない。協力にあたって契約書があるわけでもない。我々警視庁は『プロの協力者』として君と契約を結びたいんだ」

「『プロの協力者』って、そういう意味だったの？」

「ああ。任務ごとに成功報酬として、懸賞金を支払う形を取る。その額は任務の期間や内容によって上下する。三百万円や四百万円の時もあれば、二十万円ほどで終わるケースもあると思ってくれ」

さらに名取は続ける。報酬は警視庁の報奨金の基準をベースに金額を決める。たとえば警視庁には拳銃一一〇番報奨制度があり、情報提供者には拳銃一丁あたり約十万円が支払われる。そこにプラスαして報酬額が決められるというわけだ。めざましい成果をあげれば、重大事件の懸賞金と同水準の成功報酬を上乗せするともいう。

いきなり報酬の話をするとは、わかっているじゃないか。仕事をするうえで、最も気になる点はそこだ。この手の話は、ともするとやりがい搾取になりかねない。聞く限りではその心配はなさそうだし、成功すればそれなりの額を受け取れそうだ。懸賞金名目であれば、数百万円の報酬も期待できる。

「お金はわかった。それでいい。でも、どうして私なの？　過去の罪……私は別に犯罪をしていたつもりはないけれど、その罪を不問にしてまで取引を持ちかけた理由は何なの？」

あえて報酬の話はすぐに打ち切り、自分が選ばれた理由を訊《たず》ねた。

「君には素質がある。俺がそう判断した」

「何の素質？」

「組織に潜入し、ターゲットの心を開かせ、必要な情報を得て、それらを適切なタイミングで報告する。すなわち潜入調査の素質だ」

「潜入捜査ではなく？」

「捜査は我々の仕事だ。情報提供者——協力者には調査をしてもらいたい。あくまで情報が欲しいんだ。警察のおとり捜査、潜入捜査とは違うと思ってくれていい。一般人というスタンスは崩さない。内部調査と情報提供に徹する。これまで君がやってきたタレ込みと同じだ」

「一般人である意味は？」

「警官ではないから身元を洗われた際、すぐに疑われるおそれがない。本職の警官の場合、その素性を暴かれた時点で、命が危険にさらされるリスクが飛躍的に増すだろう。それに組織に縛られている警官だからこそ、無理をしがちだ。君は今まで命を脅かされるほどの危険な目に遭《あ》った経験は？」

「そうねえ」

　暴言を浴びせられたり、物を投げられたり、体を触られたり、殴られたりした経験はあるが、命の危険というほどの目には遭っていない。多少の無理は必要だけれど、そうなりそうな前兆を察知したら、すぐに逃げてきたというのもある。合気道の技はあるが、使わないに越したことはない。

　でも、タレ込みが終わった後、精神的に不安定になる。そのことを打ち明けていいのだろうか。今ここでわざわざ話さなくてもいい。そう決断して瑠美は答えた。

「危ないと判断したらすぐ逃げるよ。だから危険な目に遭ったというのは、ほとんどないかな」

「それだ。危険を感じたら即時撤退できるというのも、君の持つ素質のひとつだ」

「そういうもの？」

「逃げてもらって構わない。それは覚えておいて欲しい」

逃げていいと言われて、少し心が軽くなった。

「話を戻すと……警視庁管内だけでこの三年近くで計五回。君の情報はすべて有益で犯罪組織の摘発に繋がっており、申し分ない結果を残している。だから打診した」

「申し分ないって……犯罪者呼ばわりしておいて、今度は褒めるわけ？」

「俺は結果について話している。この結果があったからこそ、罪を不問にするという機会が与えられたんだ」

「だから、私は犯罪なんて――」

「わかっている」

名取の表情が和らいだ。瑠美を犯罪者として扱おうとしているのは名取ではなく、たとえば上司とか、犯罪捜査に強い権限を持つ者とか、そういう人なのかもしれない。瑠美が思っている以上に事態は深刻で、名取はその状況から救い出そうとしてくれているのだろうか。もちろん「プロの協力者」を務められる人材を求めているというのが大きな理由だろうけれど。

「結果といっても、たまたまうまくいっただけ」

「偶然でこれだけの成果はあげられないだろう」

「まあ、私を選んだ理由も理解したよ。で、具体的にどうすれば？」

「依頼の第一報はこちらから電話をかけるが、齟齬《そご》が起きないよう、詳しい説明は警視庁の会議室で直接行う。そのタイミングで携帯端末を貸与して、任務期間中に滞在するマンションも用意する」

「それはいいね。潜入先は選べないの？」

「基本的にはこちらが指定するが、推薦してくれてもいい」

瑠美にとって、ここが重要なポイントだった。報酬、選抜理由に続いてこの点もクリアだ。が、ひとつ訊《き》いてみたい点があった。

「東京以外、たとえば横浜《よこはま》でもいいの？」

「警視庁の管轄外であっても、できる限り調整する」

「わかった。それもオーケー」

関東圏であの男が潜むなら東京の可能性が一番高いはずだ。人の数が桁違《けたちが》いで、潜むのに都合がいい。しかしあくまで可能性の問題だし、神奈川や埼玉、千葉といった近隣県も必要とあれば調査したい。

「潜入する際だが、こちらで履歴書などを作って斡旋《あっせん》してもいいし、君のやりたいように潜り込んでくれてもいい。毎回やり方を変えるのもありだが、名前は偽名を使うべきだな」

「もちろん偽名だよ。でもたまに本名の瑠美も使っていたけど」

「本名を使っていたのか」

名取が少し驚いたような顔をした。

「伊藤瑠美でネット検索してみてよ。たくさん出てくるでしょ。『伊藤』はお母さんの苗《みょう》字《じ》なんだけど、ありがたいことにありふれた名前で同姓同名の人が多いから、特定は難しいと思うんだよね。ネットにこれだけあるのなら、実際にはもっとたくさんの人がいる。危険度が低そうな場合なんかは、本名のほうがやりやすいケースもあるから。年齢や経歴だけじゃなく、メイクや髪型もふだんとまるで違う感じに変えているけどね」

「君の言うとおり潜入先の危険度が低い場合は、本名でもいいかもしれないが、偽名にも慣れる必要があるな。また、任務中は毎日午後九時にこちらから電話する。安否確認と進《しん》捗《ちょく》確認だ」

拘束されるようで気が進まなかったが、こちらの身を案じての措置だろう。瑠美はそれも承諾し、質問を重ねた。

「任務に期限はある？」

「期限は切らない。相手からの信頼を勝ち取って必要な情報を得るためには、じっくり時間をかけなければならないケースだってある。調査期限は特に設けない。焦りが悪い結果を呼び込むのは自明だからな」

「逃げても構わないとか、その辺はホワイトなんだね」

警察に利用される立場というのは見抜いていたが、悪い話ではなさそうだ。警察の後ろ盾があればリスクを軽減できるし、報酬も手に入れられる。何よりあの男を見つけた際、警察と繋がりがあれば話が早い。となると、あの件を打ち明けておいたほうがいいだろう。

「だいたいわかったけど、ひとつ聞いてもらっていい？」

瑠美は妹の彩矢香が殺された事件について話した。

「すまん、君があの事件の被害者というのは知っている」

名取が申し訳なさそうな顔をして、人差し指で眼鏡を直す。

「なるほどね。大事な仕事を依頼するんだもんね。身辺調査は済ませてきたと」

言われてみれば当然だ。昨夜の逮捕時に名前を伝えた後、すぐに警察は素性を調査したはずだ。そのために名取はここに来るのが遅くなったのかもしれない。自らの浅はかさに苦笑する。

「調査は誰に対してもしている。気を悪くはしないでくれ」

「してないよ。……あの事件の捜査はどうなってるの？」

「捜査班は縮小され、いまだ進展はないというのを、一課の知人から聞いた。今、君と話をしていてふと思ったんだが、君はあの犯人を……」

「捜している」

瑠美がタレ込みを続けている理由までは把握していなかったようだ。名取は眼鏡の奥の細い目を見開いて訊いた。

「なぜだ？」

「あいつ、言ったんだよ。『これだけのことを成し遂げたんだ。大いに評価してもらえるだろう。俺は絶対に捕まらない、そういうところに行く』って。彩矢香の写真まで撮って、それが証拠だってさ」

「何者かと電話をしていたそうだな」

「そうなの。私はあいつが暴力団みたいな組織にいるかもしれないと考えた。電話の相手が暴力団の人間だったのかもしれないけれど、彩矢香を殺したのはあいつ。それは紛れもない事実だから、あいつを捜すために……こんな真似《まね》をしてるの」

「わかった。あの時の男を見つけたらすぐに教えろ。警視庁の管轄外だろうが構わん。あらゆる警察の力を総動員して逮捕する」

瑠美は大きな目を見開き、名取の顔を見つめた。名取の表情は真剣そのものだ。

「本当？」

「嘘《うそ》は言わんよ。俺がしてやれるのは、それくらいしかないからな」

嬉しかった。

初めてだ。初めて――味方ができた気がした。この人は……信頼できるかもしれない。

瑠美は「へへっ」と笑い、「取引成立」と言って名取に右手を差し出した。名取も口元に笑みを刻み、瑠美の手を力強く握った。

そして今――。

十八歳で最初の行動を起こしてから十二年が経とうとしている。

協力者業を始めてからも三年が過ぎた。いまだにあの男の行方は知れない。もしかしたら、自分はまるで違う方向に走ってきてしまったのではないかという不安感に突然襲われる時もある。

でも、今さらやめられない。あの男は表舞台にはいない。そう信じて、私は世界の裏側をひた走ってきたのだから――。

瑠美はグラスを置いて立ち上がり、チェストの一番下にある引き出しを開けた。綺麗に畳まれた、桜色のブラウスと白いブラウスが並んでいる。あの日、二人で買った服だ。彩矢香の棺《ひつぎ》には入れなかった。この服にはつらい思い出が詰まっている。自分が死んだ時、二着とも一緒に灰にしてもらえばいい。遺言にも書いた。いつ命を落とすかわからない仕事だ。死んだ後に誰も困らないよう、遺産や所持品の扱いの指示はしたためてある。最初は遺言なんて辛気くさいと感じたが、ただの指示書と思えば気楽に作成できた。

任務が終わると必ず彩矢香に報告し、この服を見る。忘れないために。

今はちょうど春休みの時期だ。二人でこの服を着て、遊園地に行きたかったな。彩矢香はディズニーランドがいいって言っていた。

満開の桜が咲き誇る中、お気に入りの服を着て笑い合う姉妹の姿を想像する。ジェットコースターで叫び、観覧車ではしゃぎ、パレードにうっとりする。おやつにソフトクリームを食べたいな。クレープもいいかな。ケーキは外せないよね。彩矢香の好物は……。そこまで考えて急に悲しくなってきて、下唇をきゅっと嚙《か》んだ。

次こそ——と願いを込めて、瑠美は静かに引き出しを閉めた。

3

三日後、瑠美は最寄《もよ》りの銀行に赴いた。

振り込まれた報酬の一部を、恵まれない子どもたちを支援する団体に寄付した。彩矢香を死なせてしまった贖罪《しょくざい》のため、この仕事を始めてから寄付活動を続けている。自分が死んだ際の遺産の寄付先にも指定してあった。協力者契約を結ぶ折に、任務中に死亡したら見舞金として一千万円が出ると名取から説明があった。警官が殉職した際の数分の一だが、それでも充分だ。そのお金を含めて寄付するよう、遺書にはしたためてある。

寄付なんて偽善だなと思う時もあるが、何もしないよりはいい。これは誰にも明かしていない。名取には犯人を見つけ、お金が貯まった暁には海外で悠々自適に過ごすなんて言っている。もちろん、そんなつもりはない。

今回の報酬は七十七万円が振り込まれていた。拳銃一一〇番報奨制度に照らして拳銃一丁あたり約十万円の報奨金が支払われるから、拳銃五丁の情報提供および潜入調査の実働期間から算出すると適正な額だ。名取は少しだけ上乗せしてくれたのだろうか。後日届く明細書の内訳を確認するのが楽しみだ。

銀行を出て、瑠美は大きく伸びをした。池袋《いけぶくろ》のビル群が見える。池袋の雑然とした垢抜《あかぬ》けなさが好きだった。ちょっと歩いて買い物をしてから、馴染《なじ》みのバーでお酒を飲もうか。

瑠美はレイヤーの入ったダークブラウンの髪を揺らしながら、軽い足取りで池袋方面へと歩き始めた。

第二章　潜入

1

翌週の月曜日、朝九時過ぎ。

瑠美のスマホに名取から連絡が入った。今日の午後一時に警視庁に来て欲しいという。急な依頼は毎度のことだ。応諾した瑠美は黒いテーラードジャケットにライトグレーのパンツを着込み、約束の時間に警視庁に赴いた。

ゲスト用のICカードでゲートをくぐり抜け、組織犯罪対策部のある六階までエレベーターで上がる。いつもの小部屋に入ると、名取が先着していた。

「今回の資料だ」

挨拶《あいさつ》もそこそこに、名取が書類を差し出す。瑠美はまず潜入先を確認する。

「無料低額宿泊所？」

「生活保護者たちが寝泊まりする場所を提供する施設だ」

瑠美は文面にざっと目を通した。

潜入先は無料低額宿泊所「ハッピーライフ」。入居者の生活保護費をピンハネするだけでなく、虐待の噂《うわさ》もある。いわゆる貧困ビジネスを過剰に行っている施設だと、警視庁は睨《にら》んでいるらしい。さらにハッピーライフの背後には、暴力団組織「竜新会《りゅうしんかい》」の存在があるとみられている。

「竜新会か。名前は知ってるよ」

「構成員四百人前後の指定暴力団だ。規模としては中程度だな」

竜新会に対する補足が記載されていた。

主たる事務所は上野《うえの》にあり、九十年代前半、バブル崩壊後の不良債権の取り立てで巨額の資金を得て勢力を拡大。金融詐欺、闇《やみ》金融にも手を出し、現在は半グレと呼ばれる準構成員の若者を使った特殊詐欺、違法薬物の密売といった犯罪行為でもシノギを得ている。また、インターネットを介して薬物や拳銃《けんじゅう》の違法取引も行っているそうだが、実態はつかめていない。

近年は暴力団に対する警察の締めつけが厳しく、シノギを得るのが難しくなってきている。だがそれが逆に、資金調達の方法の多様化を招いているという一面もある。竜新会は金融業や不動産業などのフロント企業を抱えており、無料低額宿泊所の経営はそのひとつと目されていた。

「竜新会本体ではなく、このハッピーライフっていう施設に潜《もぐ》り込むの？」

「本体は危険すぎる。外側から攻め、徐々に力を削《そ》いでいきたい。ハッピーライフと竜新会との繋《つな》がりを解明し、金の流れを把握するのがルーシーの任務だ」

「ターゲットは施設の所長・大比良《おおひら》孝男《たかお》……と、その背後にいる竜新会ってわけだね」

「そのとおりだ。施設の詳細は三ページ目を見てくれ」

ハッピーライフは墨田《すみだ》区の錦糸町《きんしちょう》にある。錦糸町駅の北口から歩いて五分ほどのところにあるショッピングセンターの裏手だ。開設は五年前で、三階建ての古い鉄骨集合住宅を改装して利用しており、部屋数は二十。警視庁が入手した間取り図によると、一階に事務室と所長室、応接室、共用室、物置部屋、浴室とコインランドリーが設《しつら》えられ、各階にトイレと給湯室がある。一部屋に二人が入居しており、四十人の生活保護者が生活している。

生活保護費は住宅扶助を入れて、一人あたり十三万円前後だ。そのほとんどを施設が徴収しているとなると、月に五百万円近くが施設に入る計算になる。

「月五百か……少なくない？」

「ああ。これだけのために施設を運営するのは旨《うま》みがない。裏にカネを生み出す仕組みがあるはずだ」

「お金の流れをつかめば、そうした実情が明らかにできそうだね。生活保護費はどうやって巻き上げてるの？」

「本来は無料もしくは低額で利用させなければならないが、ハッピーライフは『預かり金』と称して生活保護費を徴収・管理し、必要に応じて利用者が使う分だけを渡している。必要かどうかの判断は施設が行い、判定基準はかなり厳しいようだ」

「こんなところじゃなくて、別の施設を利用すればいいのに」

「ほかに行き場のない人たちが集まっているんだ」

「まあ、私がとやかく言う問題じゃないからいいけど。で……えっ、私ここで働くの？」

瑠美は紙上を指差した。そこには、ハッピーライフが外部に委託している清掃業者「東《とう》部《ぶ》クリーン」のアルバイトスタッフとして施設に潜入すると書いてある。

「ハッピーライフは所長のほかには職員が三名しかいない。職員として潜り込ませるのは困難と判断した。それ以外に施設に入れる人間となると、まず出入りの業者が考えられる。清掃業者、備品などの販売業者、ベッドのシーツやカーテンといったリネン類のクリーニング業者……ほかには役所の担当課の者もいるが、どれも施設への滞在時間が短かすぎる。これらの中では清掃業者が最も施設内に居続けられる。消去法ではあるが、これがベターな選択だった」

「そういうわけか……。でもさ、施設の利用者だったらずっと居られるよね？　二十四時間、調査し放題だよ」

「その案も出たが、今は定員上限に達している。それに利用者のほとんどが五十歳以上の男性だ。そんな中に交じって若い女性が生活保護者として施設を利用するのは不自然だ」

「メイクで年齢をごまかすとか。服もダメージものにすれば、案外いけるかも」

「無理があるだろう。やはり女性一人というのも危険だし、それは却下だな」

「現場に居続けられるほうが楽だし、成果もあげやすいと思うけどなあ」

瑠美は唇を尖《とが》らせ、わざと上目遣いをして名取を見つめた。名取は意に介していないように、淡々と答える。

「それはわかっている。調べによると清掃業者であれば半日近く滞在できるそうだ。その時間内で何とか頼む」

「決定事項だろうから、仕方ないね」

瑠美は薄い笑みを作り、小さく肩をすくめた。

「業者にも話は通してあるんだ。東部クリーンについては資料に記載してある」

瑠美は文面を目で追った。東部クリーンはまっとうな業者で、暴力団などとの繋がりはない。竜新会とは無関係だと見せかけるため、ハッピーライフはこうした業務を一般企業に委託しているようだ。任務中は東部クリーンから給与が出る。午前八時半から午後五時半の勤務で時給千六百円とある。悪くない額だ。警視庁からの斡旋《あっせん》ということで瑠美を受け入れたらしい。

「もともとスタッフの入れ替わりの多い会社で、難しい調整は不要だったけどな」

「そういう会社のほうが潜入しやすいね。掃除はちょっと面倒だけど、お給料が出るならいいかな」

「勤務開始は明日からだ」

「明日？　相変わらず根回しの早いことで。私の名前は……伊藤瑠美でいいの？」

「外部の委託業者だ。危険度は少ないと見て、今回はこれでいく。もちろん年齢や経歴は架空だから、今俺の目の前にいる伊藤瑠美とは別人だ」

「清掃員の伊藤さんね。普通にたくさんいそう」

「朝八時に新小岩《しんこいわ》の東部クリーンに行ってくれ。簡単な面談がある。任務中のマンションは東向島《ひがしむこうじま》に用意した。東部クリーン及びハッピーライフから比較的近い。書類の最後に住所と部屋番号が記載してある。今日から入居可能で、いつものようにベッドと冷蔵庫は設置済みだ。これもいつもどおりだが、セキュリティ上、外廊下が外部から見えづらいオートロックつきの物件を選んである」

名取がマンションの鍵《かぎ》を瑠美に手渡した。

新小岩なら、自宅のある鬼子母神よりも東向島からのほうが圧倒的に近い。今夜から入居しようか。化粧用品や衣服、下着などをスーツケースに詰め、足りない分は必要に応じて買い足す。念のために地味めのスーツも二着ほど持っていき、ウイスキーのボトルとグラスは現地調達しよう。

「たぶん今夜、引っ越す」

「わかった。以上だが……くれぐれも、予定や計画を変更する際は定時連絡の時に相談するように」

任務中は名取から毎夜九時に、安否確認と進捗《しんちょく》確認の電話が入る決まりだ。

「いつも相談してるよ？」

「ほとんど事後報告だろ」

「状況はリアルタイムに変化するからね。事後報告の時だってあるよ。さて、引っ越しの準備をしなきゃ」

瑠美は書類を名取に返して席を立った。紙は紛失や盗難のリスクがある。資料一式は説明後にパスワード付きのメールに添付して送ってもらう手筈《てはず》になっていた。名取は多忙だから瑠美はメールで知らせてくれるだけでいいのだが、直接話をして認識を合わせ、計画に齟齬《そご》が生じないようにしたいらしい。三年前に目白署の会議室で説明を受けた時からの慣習が今なお続いている。

「ルーシー、外部委託とはいえ無茶はするなよ。身の危険を感じたら――」

「即時撤退」

瑠美は名取に手をさっと上げる。苦笑いする名取の顔を残して、会議室のドアを閉めた。

「明日から掃除の日々かあ」

警視庁舎から出て、思わずつぶやく。そうだ、手荒れ用のクリームをたくさん買っておこう。汚れてもいい靴下やスニーカーも必要かも。池袋で買いそろえよう。

どのお店に行こうかなとあれこれ考えながら、地下鉄への階段を駆け下りていった。

2

翌朝八時、東部クリーンに出社した瑠美は、採用担当者と簡単な面談を行った。

話は主に東部クリーンの仕事についてで、出社したらタイムカードを押し、更衣室で着替えて現場に直行する。午後五時半の退勤時間までに戻ってくるという勤務体系だ。

平日は毎日清掃作業を行う。午前中に別のマンションでの作業をこなし、昼休みを挟んでハッピーライフには午後一時から五時まで滞在する。ハッピーライフの担当というのは警視庁のたっての希望があったと、採用担当者は教えてくれた。裏で多少の交渉はあったはずだが、深くは詮索《せんさく》しない。自分は調査に集中するのみだ。

給与に関してはこれまでの潜入調査のために清掃関係の資格をいくつか取っていたから、それも時給に反映されていたようだ。

すぐに話は終わり、このまま仕事を開始するように指示を受けた。

初日、同じ班になったのは三人だった。

瑠美のほかには下田《しもだ》という太い眉毛《まゆげ》の若い男性と、五十代ほどの女性だ。東部クリーンの薄緑色の作業服に身を包んで白いワゴン車に乗り込み、下田の運転で出発した。各自帽子をかぶってマスクをしているが、瑠美はさらに愛用の黒縁眼鏡をかけ、髪は後ろでひとつに結っている。

午前中はマンションでの仕事を教わりながら清掃作業をこなし、昼休み後にハッピーライフに赴いた。

三階建ての施設は思っていたより清潔感のある内装だった。無料低額宿泊所は劣悪な環境というイメージを抱いていたが、問題になるような状態は極力避けているのか、いたって普通の集合住宅といった趣だ。ただ、時折すれ違う利用者たちの身なりはみすぼらしいというよりホームレスのそれに近く、入浴が面倒なのか、コインランドリーにお金をかけたくないのか、マスクをしていても体臭が鼻に忍び入ってくるほどだった。

清掃場所は二十の部屋と、共用室、浴室、洗濯室、各階のトイレと給湯室、事務室に応接室、さらには施設周辺の道路が対象だ。所長室はしなくていいと言われていたが、モップがけや雑巾《ぞうきん》がけ、ガラス拭《ふ》きなど、なかなか骨の折れる作業だった。掃除をしながら利用者に実態を聞いていきたかったものの、初日は仕事を覚えるだけで終わってしまった。清掃関連の資格は持っているが、現場ごとにルールが違うのであまり役には立たず、実践で慣れていくしかない。

午後五時半に東部クリーンに戻り、着替えをして帰宅した。採用担当者から非正規雇用が多いと聞いていたが、皆淡泊な態度でさっさと帰っていった。潜入調査をしている身としては詮索されずに済むので好都合だ。

東向島駅前の蕎麦《そば》店のメニューにきしめんがあったので、オーダーして食べた。普段は自炊が多いが、使い慣れている調理器具がないため、任務中は主に外食やテイクアウトだ。

警視庁が用意してくれたマンションに着くと、午後七時を回っていた。マンションは七階建てで、瑠美の部屋は三階だ。

玄関ドアを閉めてつぶやいた。

「疲れたあ。飲みたいけど……その前に、と」

瑠美はバッグからスマホくらいの大きさの器機を取り出した。

盗聴発見器だ。瑠美の素性はそう簡単にはばれないだろうが、念には念を入れ、帰宅したら毎日必ずチェックする。名取との定時連絡は主にこの部屋で行われるからだ。室内に入り、1DKの部屋のコンセント部分を中心に隈《くま》なくチェックした。

「大丈夫だね」

器機は何も検知しなかった。ようやく一息つく。午後九時に名取から電話がかかってくるが、ひとまず今日の仕事は終わった。

今回は暴力団組織そのものに潜入するのではなく、関連施設への外部委託業者ということで、精神的な負担は軽い。

もっとも、任務中は気が張っているからか、警視庁が用意してくれるマンションに帰っても症状はあまり出ない。任務が終わってすべてから解放された時が最もきつくなる。任務は早く終わらせたい。でも早く終わるほど、またあの症状に見舞われる。そう思うと気が重くなるが、自分にはやらなければならないことがある。症状については、いまだに名取にも明かしていない。これが原因で契約を解除されたくないからだった。

「まあ、今日はとにかく終了」

さっそくお酒を飲もうと、昨夜買い込んでおいたウイスキーのボトルとつまみのナッツを手に取った。


ハッピーライフでの清掃作業は三日目には慣れてきて、効率よく作業を進められるようになった。瑠美は少し空いた時間を使い、近くにいた利用者の一人に声をかけた。

「あの……こちらは長いんですか」

三階の給湯室でカップ麵《めん》を作ろうとしていた、六十代くらいの男性だ。瑠美の着ている作業服で清掃員とわかったようで、不審な目では見られなかった。

「ん、半年くらい」

「ここで暮らしていて、お困りごとはありますか」

「ん……特にないよ」

「所長の大比良さんはどんな方？」

「所長室にずっといるから、わからないな」

「職員以外の人は来ますか？　ちょっとピリピリした感じの人とか」

「知らねえな」

瑠美は問いかけながら、男性の顔や首まわり、手や腕を確認した。虐待があるという話だったが、露出している肌に傷はない。

するとと男性が思い切ったふうに口を開いた。

「あ、あのさ」

「何か思い出したんですか」

「ラーメン。そろそろ食べたいんだよね」

男性は蓋《ふた》が半開きの状態になっているカップ麺を指差した。瑠美は「失礼しました」と頭を下げて給湯室から出る。慌てていたので目の前に人がいるのに気がつかず、ぶつかってしまった。

「すみません」

「ああ、伊藤さん。お気をつけて」

清掃員の下田だった。モップを手にして、太い眉を上下させながら笑っている。

「下田さんか。びっくりした」

「伊藤さん、だいぶ慣れてきたようですね」

「わかる？」

「初日に比べて余裕がありますからね。あと二時間、頑張りましょう」

下田がモップを持って階段を下りていく。昼休みの際に話したところ、下田は自分より二歳下だとわかり、ついため口になってしまう。彼が彩矢香と同じ歳《とし》というのもあるかもしれない。

下田の姿が消えたのを見てしばらくしてから、瑠美は一階の奥にある所長室の前に移動した。「在室中」のプレートが掛かっている。大比良は室内にいるようだ。瑠美はノックをした。

「東部クリーンの者です」

すぐに「掃除はいらないよ」という甲高い声が返ってきた。

まだ一度も大比良の姿を見ていないが、後からメールで送られてきた資料で顔は確認済みだ。大比良孝男、四十二歳。つぶらな目に丸顔の温厚そうな顔つき。とても暴力団と繋がりのあるような人物に見えないが、瑠美は資料を見て知っている。介護職員として働いていた八年前、当時勤務していた施設の入居者への傷害事件で前科があるという事実を。

その入居者は頭を打ち、一時意識不明になるほどの怪我《けが》を負わされたとあった。

竜新会の構成員ではないが、事件後に拾われる形でハッピーライフの所長の座に据えられたと見られている。東京都の条例で、無料低額宿泊所の職員や設置者である法人役員などは暴力団員ではないことという要件があるからだ。大比良は初犯かつ反省の色が濃かったために執行猶予三年を言い渡されており、それが明けてから就任したようだ。

瑠美は「承知しました」と応じて所長室から離れた。

初日からこの部屋と、隣接する物置部屋には入れていない。所長室は大比良が掃除は不要と言うし、物置部屋は鍵が掛かっていてドアが開けられなかった。簡単な構造ならヘアピンなどを使って解錠できる腕前はあるが、勤務時間が限られているし、作業服姿で不審な行動をしているのを見られたくはない。

応接室と共用室、三人いる職員が使っている事務室は怪しい感じはしなかった。ただ、職員が使用しているパソコンの中はわからない。隙《すき》を見てアクセスしたいが、今のところ事務室には必ず職員がいる。物置部屋同様、勤務中の確認は難しそうだ。まだ潜入は始まったばかりだし、機会を待つしかないだろう。

職員は男性が二名と女性が一名。いずれも三十歳前後で、三人ともスーツ姿だ。所長の大比良は竜新会と繋がりがあるというが、職員たちはわからない。名取からの資料に職員についての記載はなかった。定時連絡の際にこの点を名取に訊《き》くと、「必要に応じて調査するから要請してくれ」と言う。ほかにも多くの案件を抱えており、そこまで手が回らなかったらしい。人手不足という言い訳には慣れている。条例があるから暴力団員ではないだろうが、竜新会の息がかかっているつもりで臨むべきだろう。

任務開始から二週間が経過した——が、結果は芳しくない。

利用者は何も喋《しゃべ》らないし、職員が使っているパソコンには触れられない。職員たちは事務室に一人は残るようにしているようだった。

清掃作業中に職員同士が名を呼び合っているのが耳に入り、彼らの苗字《みょうじ》はわかった。男性は山内《やまうち》と野々村《ののむら》で、女性は九鬼《くき》だ。

山内は短髪でやや目尻《めじり》の上がった爽《さわ》やかな風貌《ふうぼう》で、野々村は四角い顔と大きな鼻が印象的な朴訥《ぼくとつ》とした男性。九鬼はウェーブのかかった栗《くり》色の髪と少し垂れた目が優しそうな女性だ。九鬼が野々村に仕事を教えているのを時折見かけた。野々村は新人なのだろうか。

今のところ職員に関してはその程度しかわからない。

最も怪しいと思われる所長室にも入れないままだ。不在時にはダブルロックで厳重に施錠されていて、仮に解錠するとしても困難な作業となるだろう。

一緒に来ている五十代の女性は以前からここで清掃作業をしているらしく、彼女だけは所長室への入室が許されている。それでも大比良の在室時にごみ箱のごみを回収し、簡単に掃除機をかけるくらいで、五分程度で部屋から出てきてしまう。それも週に二回程度だ。彼女が回収したごみを内緒で漁《あさ》ってはいるが、不審なものはなかった。たいして大きな部屋ではないものの、難攻不落の城のように思えてくる。

下田に所長室について聞いてみたが、「所長が掃除しなくていいと言うから楽でいいです」と笑い、物置部屋が開かない件も「開かないなら掃除しなくていいから楽です」と、気楽なものだった。

その下田は毎日ではなく、週に二、三日ほどしか出勤しない。契約社員かと思ったら、瑠美と同じくバイト待遇で、自宅で祖母の介護をしているそうだ。勤務時間以外はそこに時間を充《あ》てているのかもしれない。だから清掃作業で消耗しないよう気を配っているのだろうか。皆、いろいろと事情があるようだ。

名取からの定時連絡には「今日も進展なし。おやすみ」と報告するのが日課になっている。停滞している状況に苛立《いらだ》ちを覚えてしまい、酒量もなんだか増え気味だ。

そもそも外部委託の清掃員という警視庁の選択が間違っていたのではないか。ハッピーライフでの勤務時間は四時間しかないし、所長室のような肝心な場所にも入れない。このまま仕事を続けていても光明は見えないだろう。

東向島のマンションで名取との電話を終えると、駅前の惣菜《そうざい》店で買ってきたレバニラ炒《いた》めの残りに箸《はし》をつけた。それをつまみにし、ウイスキーのグラスを傾けながら考える。こうなったら、あの手しかない。ここ数日、そればかりを頭の中でシミュレートしてきた。計画を変更する時は事前に相談を。名取からはいつも釘《くぎ》を刺されている。

でも――。

「絶対にやめろって言われるよなあ」

先ほど声を聞いたばかりの名取の顔を思い浮かべながら、くすっと笑った。また事後報告をする形になり、呆《あき》れられるだろう。いや、今度はさすがに怒られるだろうか。警視庁の計画を根底から覆してしまうからだ。

しかし、自信はある。結果を突きつけて有無を言わせない。それしかない。

瑠美は「名取さん、ごめん」とつぶやき、グラスに残っている琥珀《こはく》色の液体を一気に飲み干した。

翌朝、瑠美は東部クリーンに急病で欠勤する旨を伝えた。

その日の午前九時過ぎ。鬼子母神の自宅から持ってきた濃紺のスーツを着て、ハッピーライフへと出向いた。この時間帯なら東部クリーンの清掃班は来ない。

午後の清掃時間帯に大比良はほぼ所長室にいるが、午前中の動きはわからない。名取からもらった資料によると大比良は車通勤をしており、ナンバーも記載されていた。車種はプリウスで、ナンバーは覚えている。清掃作業は施設周辺の道路も対象になっていたから、作業中に施設脇《わき》にある駐車場を確認したところ、二台ある駐車スペースのひとつを常に大比良が占有していた。

ところが、車はなかった。

午前中は外回りをしているのだろうか。待つしかない。

いったんショッピングセンターに入り、カフェで時間を潰《つぶ》した。

十時半頃《ごろ》にもう一度ハッピーライフを訪れたが、駐車場に車は一台もない。

瑠美は少し離れたところにあるビルの前に移動し、スマホをいじるふりをする。別の店で待ってもいいが、東部クリーンの清掃作業が始まるまであと二時間半しかない。店に入ると大比良がいつ出勤したのかわからないので、時間を無駄にする可能性がある。

五分、十分、十五分……粘ってみるがプリウスはやってこない。今日は休みなのだろうか。それとも午後に差しかかってしまうのだろうか。

二十分を過ぎて出直しを検討し始めたその時、大通りから曲がって近づいてくるプリウスがあった。ナンバーは……大比良の車だ。

瑠美は後ろを向いて、ハッピーライフから遠ざかる。視線を感じられるおそれがあるので、大比良の視界からいったん外れた。五分程度そぞろ歩きし、ハッピーライフへ向かった。大比良のプリウスはいつもの場所に駐《と》まっている。

瑠美はまっすぐ所長室に向かった。部屋の場所は清掃員の仕事で把握している。ドアに

「在室中」のプレートが掛かっていた。

瑠美はひとつ深呼吸をして、所長室のドアをノックした。

「東部クリーンの伊藤と申します」

「……掃除は午後でしょう?」

不審そうな大比良の声がドアをすり抜けて届く。

「仕事の件で折り入って所長にご相談がありまして。悪い話ではありません」

「そういうの、やめてもらえるかな。どうせ賃上げや待遇改善の要求でしょ。それは東部クリーンの偉いさんに掛け合ってよ」

大比良の声が不機嫌に変わる。

「違います。東部クリーンの仕事、私に委譲しませんか。東部クリーンよりお安く請け負いますよ」

少し間があいた後、足音が聞こえてきてドアが勢いよく開いた。

「そんな話、ここでしないでよ。ちょっと入りな」

何度も写真を見て頭にたたき込んである丸顔がすぐそこにあった。百六十五センチある瑠美の身長とほとんど変わらない。大比良が「早く」と所長室へ請《しょう》じ入れる。

今日の瑠美はスーツ姿で眼鏡はかけず、髪も結っていない。大比良が着ているグレーのスーツはサイズが明らかに大きく、安い既製品のように思えた。

「お綺麗《きれい》な顔をしているけど……本当に東部クリーンの子？」

大比良は黒革のソファを瑠美に勧めながら訊いた。

「普段は作業服を着て眼鏡をかけていますから。髪型も違いますし。それより、ご相談の件ですが」

「安く請け負うったって、無理に決まってるでしょ」

大比良は壁際にある所長席に座り、組んだ手に顎《あご》をのせた。

「相談に乗っていただけるから、部屋に入れてくれたのでは？」

「お金の話なんて、誰《だれ》が聞いているかわからないからでしょ。ここの利用者がどんな人たちなのか、あなただって知ってるでしょうに」

「それは、まあ」

利用者たちは生活保護費の大部分をこの施設に吸い上げられている。お金がない状態を作り出しているのはおまえではないかと、問い詰めたくなった。

「東部クリーンとは長年の付き合いがあるの。多少安くされたからって簡単に委託先を変えられるわけがない。それにあなた、個人でしょ。個人事業主の届出はしてあるの？」

「してあります」

キャバクラの仕事をし始めた頃、個人事業主の申請をした。確定申告をしなければならないからだ。

「あと、清掃業にも資格がある。そんなの持ってないでしょ」

「ビルクリーニング技能士、ハウスクリーニング技能士、清掃作業監督者、貯水槽清掃作業監督者くらいなら持っています」

資格があると潜入先で便利な時がある。時間に余裕があれば、できる限り資格を取るように努めていた。受講料や教材費は資格が取れた段階で、警視庁から経費として支払われる。不合格の場合は自腹になるから、試験前は必死だ。

「そう……でも、駄目だから。わかったら、もう出ていって」

よし。ここからが本題だ。

「職員」

「え？」

「ここの職員兼、清掃業者というのはいかがでしょうか。清掃は土日祝日なら東部クリーンとかち合わないですし、私、介護職の資格もありますから、いざという時にお役に立てます」

瑠美はソファから立ち上がり、所長席のデスクに両手をついた。薄くなってきている大比良の頭髪がよく見える。

「介護ねえ」

介護の資格には興味を覚えたのか、大比良は手に顎をのせたままつぶやいた。

「確かに、うちで介護の資格を持っているのは私くらいだからねえ」

大比良はかつて介護職員だった時、傷害事件を起こしている。その時に欠格処分となっているが、本人は資格を得ていた過去を自負しているようだ。

「電話対応や接客は？」

「秘書検定準一級を持っています」

「パソコンはできる？」

簡単なプログラミングをしたり、ＩＰアドレスを偽装してアクセスしたりといった技術はあるが、詳しいと言うと逆に警戒されるかもしれない。

「できるか、ですか……。あ、ＥｘｃｅｌとＷｏｒｄ、ＰｏｗｅｒＰｏｉｎｔなら」

このくらいであれば、できるほうがアピールになるだろう。案の定、大比良は考え込んでいる。そのままの姿勢で向き合ったまま、二、三分が過ぎた頃に大比良が口を開いた。

「東部クリーンにはどう話をつけるつもり？」

「一身上の都合、でしょうか。アルバイトですし、融通は利きやすいと思います。迷惑をかけるのは心苦しいですけど」

「あなたはそれでいいでしょう。私は東部クリーンに何と説明すれば？」

「私が清掃するのは土日ですし、黙っていれば問題ないかと。仮に職員にしていただいたら、できる限り東部クリーンのスタッフとは顔を合わせないようにしますので」

「あなたねえ」

大比良が呆れたように笑う。

「私、さっき出勤したところなんだけど、まさか朝から待っていたの？」

「ええ……九時頃からですが」

必死さを訴えるほうがいいと判断して正直に答えた。

「今朝は役所に寄ってきたからね。それほどまでにここの職員になりたいと……。ちょっと考えるわ。今日のところはもういいよ」

「今、結果を教えてください」

「そう焦らないでよ。私も相談しないといけないから。明日には連絡するんで、電話番号教えて」

瑠美は警視庁から貸与されているスマホの番号を諳《そら》んじた。貸与端末の番号は毎回違うが、そのたびに暗記している。こういう時にすらすらと出てこないのは不自然だからだ。

「午前中には連絡するから」

電話番号をメモした大比良が、もう去れとばかりに所長室のドアに視線を向ける。

「ご連絡、お待ちしています。失礼いたします」

瑠美は恭しく頭を下げて退室した。

大比良は「相談しないといけない」と言った。所長以上の権限を持つ者がいるのか。それが竜新会の者なのだろうか。

大比良の反応は悪くなかった。明日の連絡が楽しみだ。

手応《てごた》えを感じながら玄関に向かっていると、女子トイレから職員が出てきた。九鬼だ。

瑠美は顔を見られないように軽くお辞儀し、うつむき加減のまま玄関を跨《また》いだ。

大通りに出ると、東京スカイツリーがすぐ近くに見えた。錦糸町から地下鉄で一駅だが、ここからなら歩いて十五分ほどだろう。今日はもう仕事はないし、久しぶりに上ってみようか。展望台のカフェでランチとビールなんて、いいかもしれない。

その前にカロリーを消費しておこうと思い、瑠美はスカイツリーを目指して歩きだした。

3

瑠美は翌日も東部クリーンの仕事を休んだ。

昨夜の名取からの定時連絡には「異常なし」と伝えた。大比良との交渉の結果が出るまで変化はないから嘘《うそ》ではない。

スーツを着込み、マンションの部屋で大比良からの電話を待っていると、午前九時過ぎにかかってきた。ところが期待に反して大比良は新たな要望を出した。

『面接をさせて。今日、履歴書持って来られる？』

「行けます。もうスーツを着ています」

『気が早いね。履歴書はまだ書いてないでしょう？』

昨日の様子から採用の可能性は高いと思っていたのだが、そう甘くはないか。そもそも履歴書すら渡していなかった。

「今から書きます」

『じゃあ、十一時はどう？』

「問題ありません」

瑠美は電話を切ると、近所のコンビニまで走った。履歴書を買ってすぐにマンションに戻る。東部クリーン用に警視庁が作成した履歴書は、データとしてメールで送ってもらってある。ここに住み始めてから調達した千円程度の小さなテーブルに履歴書を載せ、データを見ながら書き写していく。

履歴書にある伊藤瑠美は宮城県仙台《せんだい》市出身。地元の高校を卒業して就職のために上京し、そのまま東京で暮らしている。生活は安定せず、主に派遣社員をして過ごしてきた。派遣先の会社は実在する企業だ。

転職先の企業が、以前の職場に「前職調査」と称して前職での勤務態度、能力、人柄などを問い合わせることがある。昨今は個人情報保護の観点から減少しており、実施については本人の同意も必要だ。業界的にも顧客の資産を扱うケースが多い金融、証券、保険、警備といった大手企業が前職調査をする事例が多いが、ハッピーライフのような施設ではまずないと見ていい。東部クリーンでも前職調査はなかった。ただし念のため、派遣会社には実際に登録だけはしてある。

ハッピーライフに潜入するなら偽名のほうがいいが、東部クリーンの委託清掃員として大比良に掛け合った経緯があるため、名前は変えられない。東部クリーンの下田たちにも名は知られているので、そこでもごまかしは利かない。できるだけ会わないようにしても不測の事態は起きるものだ。名取が言ったように、この伊藤瑠美は自分ではなく別人なのだから、偽名に変更するという小細工は避けるべきだろう。

「できた」

ボールペンをテーブルに置き、履歴書を何度も読み返して暗記する。出かけるまでの時間をすべて使って内容を覚えた。

東向島から錦糸町まで三駅。十時二十分頃にマンションを出て、十一時きっかりに所長室のドアをノックした。

「こちらへ」

大比良がソファを勧めた。今日は大比良も瑠美と対面して座る。瑠美はバッグから履歴書を取り出し、二人の間にあるガラス張りのテーブルに置いた。それとなく室内をうかがう。ほかには誰もいない。

大比良が履歴書を読んでいる間、防犯カメラの有無をチェックした。所長席や戸棚の上など、見える範囲にはない。

履歴書を一読した大比良が目を上げる。

「職歴は事務系が多いようだけれど、どうして東部クリーンに？」

「昨今、派遣先も人件費を削減するところが多くて……派遣登録はしていますが、求人が少ないんです。アルバイトなので経歴からは割愛しましたが、以前清掃系の仕事をした際に取った資格があったので、東部クリーンの求人に応募しました。そこでもアルバイト待遇ですけど……」

「非正規雇用も大変だねえ。その代わり、あなたみたいに転職先を柔軟に選べるというメリットはあると思うけど」

嫌みかどうかはわからなかったけれど、大比良はそう言ってから質問を続けた。

「資格がたくさんあるね。派遣先での仕事のため？」

「そうです。できるだけ貢献したいので」

「真面目《まじめ》なんだね。資格や経歴だけなら、正直ここにいる職員の誰よりも使えそう」

書き切れなくて省いた資格が多くある。履歴書を書き写す際に介護や秘書、経理といった、ハッピーライフの業務に合うような資格をピックアップして記載した。資格ではないが、合気道については警戒されるかもしれないので特技欄にも書いてはいない。

大比良が満足そうな顔をしながら訊《たず》ねる。

「でもね、どうしてこんな申し出を？　いきなりこんな交渉をされたのなんて、初めて」

「このまま派遣や非正規の仕事をして終わりたくなかったからです。それで、つい……」

「終わりって……大袈裟《おおげさ》だね。今までみたいにいろいろな仕事をしてみたらいいじゃない」

「だからこうして所長にお願いしているんです」

「余計なお世話かもしれないけど、結婚してみたら？　仕事観が変わるかもよ」

「相手がいないので」

「へえ。目がパッチリしていて、鼻筋も通って……綺麗すぎて近寄りがたいのかもね。それはともかく、向上心はありそうだね。合否の結果は明日でいい？」

大比良が履歴書をテーブルの脇に置いた。前職調査の同意は求められなかったが、気が変わらないとは限らない。返事は早く欲しい。

「できれば今日、教えていただきたいのですが」

「ほんと、せっかちだねえ。とはいえ、この資格と経歴なら即戦力として計算できるし、私の心もまあ、決まっているから……。そうそう、契約社員としての採用になるけど？」

「充分です」

「たとえば今日これから働いてって言われたら――」

瑠美が即答すると大比良は一瞬顔を固まらせたが、すぐに楽しげに目を細めた。

「働きます」

その日から、瑠美はハッピーライフの職員として働くこととなった。

あの後、契約社員としての雇用契約書にサインし、給与や有給といった福利厚生の説明を受けた。契約社員のため基本的にボーナスはなし、給与は月額十八万円。長居するつもりはないので、まったく不満はない。給与の振込先の銀行口座は任務のたびに警視庁が用意してくれているので、その口座番号を伝えた。

経費節減のために常駐職員は置かず、シフト勤務もない。そのため土日と祝日は休みだが、施設の利用者の急病対応などで緊急連絡が入る場合があるというので、貸与されているスマホの電話番号を教えた。警視庁に返却すれば廃棄され、次の任務時には新しい端末と番号になるので伝えてしまって問題ない。

土日に清掃作業を請け負うという件は、しなくていいそうだ。東部クリーンの領分によそ者を入れたくないらしい。また、瑠美が東部クリーンの清掃員をしていたというのは、職員には伏せておきたいという。特別扱いで採用されたと思われたくないというのが理由だ。瑠美としても勘繰られたくないので同意した。

契約関係の書類を書いている間、大比良が離席した。あらためて防犯カメラを確認したが、一見したところ設置されていないようだ。書類を書き終えてしばらくすると大比良が戻ってきた。このまま事務室に案内するという。所長室から事務室に移動し、大比良が瑠美を職員に紹介した。

おや、と思った。三人いたはずの職員が二人になっている。四角い顔をした野々村という男性職員がいない。今日は休みなのだろうか。

「この席とパソコンを使って」

大比良が指差す。簡素な事務机の上にデスクトップ型のパソコンが載っている。ここは野々村の席ではないか。

「どなたかの席では？」

「さっき、辞めたから」

大比良が事もなげに言う。あまりのことに瑠美は反応を返せない。

先ほど離席したのは野々村の件だったようだ。自分が彼の職を奪ってしまったのだろうか。いや、一人採用したからといって、その直後に今いる職員を解雇するなんてありえない。職員だって竜新会の手の者かもしれない。辞めたのではなく、本来いた場所へ戻ったのだとしたら？　そう思うことにして、ほかの二人の職員を眺めた。ここに残っている職員は山内という爽やかふうの男性と、九鬼という少々垂れ目の優しそうな女性だ。一見してスジ者には思えなかったが、気を許すわけにはいかない。

「今日から仲間になった伊藤瑠美さん」

「伊藤です。よろしくお願いいたします」

「こっちが山内君で、あっちが九鬼ちゃん」

「山内さんと九鬼さんですね」

清掃員をしていた時から名前は知っていたが、初めて聞いたような反応を装う。

「伊藤さんね。九鬼操《みさお》です。女子が増えて嬉《うれ》しいなあ」

九鬼が心底から嬉しそうに挨拶する。昨日、大比良と交渉をした後に女子トイレの前ですれ違ったが、九鬼は気づいていないらしい。

山内も笑みを浮かべて「どうも、山内修平《しゅうへい》です」と小さく頭を下げた。声色も爽やかだ。職員が辞めるのはよくあるのか、二人とも特に動揺は見られなかった。瑠美が東部クリーンの清掃員だったというのは、山内もわかっていないようだ。

大比良が山内の肩をたたいた。

「伊藤さんに仕事を教えてあげて。今度は山内君の番だから」

「わかりました。どうぞよろしく」

瑠美の隣席の山内が快諾する。以前、九鬼が野々村に仕事の説明をしていた。この二人が交代で教え役をしているらしい。

「じゃあ、しっかりね」

大比良が事務室から出ていく。

「始めようか」

山内が椅子《いす》を瑠美のほうに寄せ、気さくな口調で話し始める。

電話応対、接客、備品の発注、利用者の管理表の更新といった作業が、主な事務仕事だ。また、利用者から設備の調子が悪いという報告があったり、急病になったりした場合などの対応も時折発生する。

「利用者からの相談に乗ったりもするんですか。メンタルケアとか」

「うちではそこまではしないね。そういう時は区のケースワーカーや病院を紹介しているから。滅多にないけどね」

「問題のある利用者がいたら？　話を聞かないとか、暴れるとか」

利用者の行動が虐待の発端になる場合もあるだろう。

「当然、注意するよ」

「口でわかってもらえない時はどうするんでしょう」

「手を上げるという意味？　それはしないね。後々問題になるから」

山内は笑いながら答えたが、実際のところはわからない。虐待は隠れて行われる場合が多いし、立場の弱い利用者からしてみれば声をあげにくいだろう。

「ところで、経理の経験は？」

山内が話題を変えた。もう少し利用者について訊きたかったが、深追いすると不審感を持たれそうだ。

「あります。簿記二級ですけど」

「いいね。俺《おれ》なんて何も持ってないからね。そうだ、経理もやってもらおう。大比良さんには俺から伝えておくよ」

優男に見えてなかなか強引だ。

「私なんかにできますかね」

「問題ないよ。わかっている人にとっては複雑じゃないし」

一応謙遜《けんそん》したが、願ってもない申し出だった。山内は数字の扱いが苦手なのか、厄介な仕事を新人に押しつけて清々したような顔をしている。しかし、こんなにあっさりと新人職員に任せるのなら、重要な情報は別のところにあると思っていいだろう。それでもパソコンのハードディスクの中はしっかり探る必要はある。

「ちょっとお手洗いに」

業務説明が一段落した雰囲気を察し、瑠美は席を立った。

トイレに向かっていると、知った顔がこちらを見ているのに気づいた。東部クリーンの下田だ。もうそんな時間か。できるだけ会わないようにと思っていたのに、いきなり出くわしてしまった。下田を軽く呪《のろ》う。

「新しい職員さんですか。清掃業者の東部クリーンの者です。毎日午後に来ているので、よろしくお願いします」

下田は瑠美に気づいていないのか、社名を名乗ってお辞儀した。好都合だ。このままやり過ごそう。瑠美は軽く頭を下げて、足を踏みだした。

「あれ？ ちょっと待ってください」

呼び止められたが、瑠美は無視してトイレに入ろうとする。

「伊藤さん」

瑠美は足を止めた。気づかれた。内心で舌を打ちながら、笑顔を意識して振り返る。

「あら？ ああ、下田さん。名前を言わないから、わからなかったよ。雰囲気変わった？」

「何も変わってないですよ。ていうか、伊藤さんのほうが激しく変わってますけど」

下田が太い眉をひそめて瑠美を見つめてくる。

「そう？」

「そうですよ。何ですか、その格好。スーツなんか着て。眼鏡をかけてないし髪型が違うから、わかりませんでしたよ」

「どうして気づいたの？」

「目ですよ。伊藤さん、目力があって印象的でしたから」

「目力？」

たまに言われるが、褒められているのかいないのか、自分ではよくわからない。

「僕は魅力的だと思いますよ」

瑠美の反応を見た下田がすぐに補足した。

「それなら嬉しいけどさ」

「二日ほど休んでるって聞きましたが、ここで何を？」

ごまかしてもいいが、打ち明けたほうがかえって探られずに済むだろう。

「東部クリーンには内緒にしておいて欲しいんだけど……」

瑠美は下田に顔を近づけて耳打ちした。

「ハッピーライフに転職したの」

「ええっ。マジですか」

「マジ」

「へえ……びっくりしたなあ」

下田が驚嘆しているような声を出す。

「だから内密にお願い。じゃあ、お仕事頑張ってね」

口を開けっぱなしにしている下田を置いて、瑠美は髪をかき上げながらトイレへと入っていった。

4

瑠美がトイレから事務室に戻ると、山内が申し訳なさそうな顔をして手を合わせた。

「ごめん、教えるのについ熱が入って。お昼の時間をとっくに過ぎちゃった」

「いいんですよ」

室内の掛け時計を見ると午後一時二十分を指している。

「皆さん、お昼はどうしているんですか」

瑠美は座りながら山内に訊ねた。

「俺は買ってきて席で食べたり、公園で食べたりするかな。外食はあまり好きじゃないんだよね。落ち着かなくて」

山内によると九鬼は外食が多いらしく、業務説明の途中から姿が消えていた。休憩時間は一時間なので、そろそろ戻ってくるだろう。

「ランチをやっているお店とか、テイクアウト専門店とか、たくさんあるから探してみて」

山内は出勤時に買ってきたらしく、弁当を広げ始めた。二人とも人に無頓着《むとんちゃく》のようだが、瑠美としてはそのほうが動きやすい。

「ひとつ言い忘れてた。事務室には最低一人はいるように。電話応対や利用者からの要望などがあるかもしれないから」

だから常に人が在席していたのか。逆を言えば、瑠美一人になる時間帯があるはずだ。清掃員として調査するより、職員のほうが百倍いいではないか。今夜の定時連絡で名取に伝えるが、これなら異論はあるまい。

瑠美は近くのショッピングセンターに入っているスーパーで玄米の煮魚弁当を買い、近くにあった洋菓子店で食後のデザート用にショートケーキも購入した。お酒好きだが、甘い物も好物だ。戻ってくると山内はすでに仕事を再開していた。九鬼も自席に座っている。

瑠美はそそくさと弁当を食べ、ケーキに着手した。

「伊藤さん、それどこで買ったの？」

九鬼がケーキをめざとく見つけて訊いてきた。

「そこのショッピングセンターの西側にあったお店です」

「ああ、あそこ。チョコレートケーキもおいしいんだよ。ぜひ今度試してみて」

「チョコ、好きなので食べてみます」

ウイスキーには案外チョコが合うのだ。

「九鬼さんもケーキがお好きなんですか」

「甘い物は大好物。ご飯をたくさん食べても、いけちゃうんだよね。別腹だから？」

「そうそう、別腹ですから。でも……そんなに細いのに。太らないコツがあるんですか」

九鬼はやや背は低いが細身で、お世辞でなくスレンダーな体型をしている。

「最近ちょっとこの辺が気になるんだよねえ」

九鬼は手を両脇腹にあてて、腹を引っ込めるような仕草をする。

「充分細いですよ」

「そうかなあ。伊藤さんなんて、かわいくて背が高いしモデルさんみたい」

「そんなことないですよ。油断するとすぐに太りますし」

「わかるわかる。あ、ケーキの途中で邪魔してごめんね」

九鬼は腹をなでながら笑い、自分の仕事に戻った。

なんだか久しぶりにこんな会話をした気がする。たまにはいいかもしれない。

ケーキを食べ終え、山内に声をかけた。

「経理を担当するにあたって、収支報告書などのデータを確認しておきたいのですが」

「そうだった。伊藤さんに経理を任せていいか所長に聞いてくる」

山内は慌ただしく事務室を出ていったが、すぐに戻ってきた。

「OKもらってきたよ。簿記の資格が効果てきめん。履歴書にも書いてあったから、すんなりいけたよ」

「ありがとうございます」

「ええと、データはここに」

山内が瑠美のパソコンのデスクトップにある共有フォルダを指差した。クリックすると、「経理」というフォルダがある。

「わからないことがあったら、いつでも訊いて」

山内が自席に戻ってキーボードを打ち始めた。

瑠美はさっそく収支報告書を閲覧した。利用者ごとの生活保護費と、ハッピーライフに入る額はすぐにわかった。人によって多寡はあるが、彼らの手元に残るのはおおよそ一万円ほどだ。これでは生活を立て直すなんて無理だろう。

予想したようにハッピーライフに入る額は毎月約五百五十万円。年間六千万円を超える。そこから光熱水道費、設備費、消耗品費、所得税、固定資産税、人件費といった額を引き、年間四千万円ほどが残る計算になっていた。暴力団が関《かか》わっているのならこの金額では旨みはないだろうが、それ以外のお金に関する記載はない。裏金があるとすれば、別の帳簿が存在するのかもしれない。

データファイルの下のほうに、利用者たちから徴収した金は「預かり金」であって所有権は利用者たちにあると但し書きがしてあった。つまり施設の収入ではないという考え方であり、申告してある所得税額は微々たるものだった。その預かり金の最終的な行方の記載もない。

ほかのフォルダをあたってみたが、それらしいデータはない。このパソコンは前任者の野々村が午前中まで使っていたものだ。念のためデスクトップにあるごみ箱フォルダの中を確認したが、何もなかった。

職員として採用された時のために、メモリーカードはバッグの底板の下に潜ませてあった。不審なデータがあればコピーして名取に提出するためだ。預かり金はおそらく竜新会に流れているのだろう。

「施設の中を見てきてもいいですか」

瑠美が訊くと、山内は「僕が案内しよう」と席を立った。一人で行動したかったが、それはいつでもできる。

山内に連れられて施設内を見て回った。清掃員として出入りしていたので勝手はわかっているが、さも初めてといった態度をとる。利用者たちも元清掃員だと気がついていないようだ。すれ違った折に山内が「新しく入った職員の伊藤さんです」と紹介しても、皆の反応は鈍かった。彼らの口が重いのはわかっているので、これから職員として接するうちに少しずつ心を開いてくれればいい。

「皆さん、ここを利用して長いんですか」

事務室に戻る際に、山内に訊いた。

「最長で一年契約だけど、状況を見て更新ができる。二十人前後の人が一年以上ここにいるんじゃないかな」

「山内さんはいつからこちらで？」

「俺は二年前から。九鬼さんは三年くらい前だね」

「今朝辞められた方は……」

「彼はまだ二ヶ月ほどかな。急に辞めて驚いたけど、何か事情があったんだろう。辞めた人の話なんて、どうでもいいよ」

山内が冷たく言い放つ。意図的にこの話題を避けたのかはわからない。

事務室に戻り、そのまま定時の午後六時まで事務作業を続けた。

「お先です。伊藤さん、また明日ね」

退勤時間になると、九鬼が笑顔で手を振りながら帰っていった。彼女を見送った山内が立ち上がる。

「事務室の戸締まりのやり方を教えるよ」

山内はドアの脇にあるフックに掛かっている鍵を手に取った。

「最後に退勤した人が施錠する決まりだ」

山内が鍵を手にしたまま通路に向かった。瑠美もいったん部屋を出る。山内が通路に埋め込まれている消火栓の扉を開けた。

「施錠したら、ここに入れておいて。事務室には貴重品や重要な物はないから、こんなと

い」

「じゃあ、俺のほうでやっとくよ。所長は勝手に来て勝手に帰るから、気にしなくてい
「そろそろ帰ります」

瑠美は考えるそぶりをして答えた。

「今日はどうする？」

「わかりました」

ころに保管しているんだけどね」


本当は少し残業して共有フォルダを隈《くま》なく漁りたかったが、おとなしく帰ったほうが新人らしいだろう。まだ初日だし、焦る必要はない。

東向島駅近くのタイ料理店でカオマンガイを食べ、マンションに帰宅した。ウイスキーを飲みながら名取からの定時連絡を待ち遠しく過ごす。ソファや椅子はないので、床に座ってベッドにもたれてグラスを傾ける。

午後九時ちょうどに、名取からの着信が入った。

「名取さん、今日は大きな進展があったよ」

『何があった』

「私、東部クリーンを辞めて、ハッピーライフの職員になった」

『え……』

絶句した名取に、瑠美は今日からハッピーライフの契約社員として働き始めたと告げた。

『……それは、本当か』

「わざわざこんな嘘はつかないよ。清掃員の立場でお金の流れを調査するなんて無理だって。職員になるのが一番いい。利用者と話がしやすいし、パソコンだって使い放題。何より経理も任されたから、お金の流れを探るにはもってこい」

『所長の大比良と交渉したのか』

「そう。伊藤瑠美のまま話をするしかなかったけど」

『よく採用してくれたな』

名取の声色が呆れている。機嫌は悪くなさそうだ。名取自身も手詰まりを感じていたのかもしれない。もう一押し。

「身の危険を感じたら即時撤退する。だから、このまま調査を続けさせて」

『大比良の罠《わな》ではないのか？』

「話した印象だと、それはなさそう。ただ、気になる点がひとつ」

瑠美の採用が決まった直後、野々村という職員が辞めさせられたと話した。

『確かにおかしいな。その野々村という職員について調べておこう』

「人手不足じゃないの？」

『少し時間はかかるかもしれないが、俺も気になる。ルーシーが職員になった件は……なってしまったものは仕方ない。身の安全を最優先にしろ。絶対にな』

名取の承認が得られた。瑠美は小さく拳《こぶし》を握る。締めに軽く謝っておこう。

「また事後報告になって、ごめんなさい」

『よく聞く台詞《せりふ》だが、まあいいだろう。それに……現状を打破するには突飛な行動が必要なのかもな』

「突飛？　独創的って言ってよ」

『褒めているんだ。計画変更についてはこちらでも共有する。東部クリーンには伝えておくが、ルーシーからも一言謝罪の電話をかけておいてくれ』

「了解。じゃあ、おやすみ」

瑠美はスマホをベッドの上に置き、大きくひとつ息をついた。

あのまま清掃員を続けたとして、情報が得られなかったと泣きついて計画を投げ出すのは簡単だ。瑠美は決してそういう行いはしないと、名取は信じている。だから急な変更をしても、それが本当に必要な決断なのだとわかってくれている。少なくとも瑠美自身はそう思っているが、名取に甘えているという自覚もある。

今回はこれがベストだと判断したのだ。必ず結果を出さなければならない。許可してくれた名取のためにも、そして自分のためにも。

今になって、全身に緊張が漲《みなぎ》ってくるのを感じた。

情報を得やすくはなったが、リスクは格段に上がっている。委託業者という安全圏からではなく、敵の本丸に潜り込んだのだ。明日からは今日以上に警戒して調査を進めていかなければならない。今のところ心の調子は悪くないし、任務中はきっと大丈夫なはず。グラスを唇につけて傾ける。空気を吸い込むだけだった。グラスは空になっている。苦笑してグラスをテーブルに置くと、目の前にあるウイスキーのボトルに手を伸ばした。

瑠美がハッピーライフの職員として働き始めて、土日を挟んで五日が経《た》った。この間、時間を見つけては共有フォルダの中を調べたり、利用者に話しかけたりしている。しかし竜新会との繫がりがわかるような情報はないし、利用者もなかなか話に乗ってこなかった。

東部クリーンには、名取に伝えた翌朝に謝罪の電話をかけた。名取からも連絡がいっており、採用担当者は「残念ですが、また機会があったらうちでぜひ」とあっさりしたものだった。スタッフの入れ替わりが多いというのは事実のようだ。警視庁と事を荒立てたくなかったからかもしれないけれど。

定時の六時を三十分ほど過ぎて仕事を終え、鍵を消火栓の扉の奥に置いた。今日は瑠美が最後だったが、新人だしあまり遅くまでいないほうがいい。所長室をうかがう。大比良は帰宅したようだ。ドアノブを捻《ひね》ってみたが、施錠されている。

へアピンを使って解錠を試みようか。周囲を見渡す。誰もいない。耳を澄ます。足音や人の気配はない。防犯カメラは玄関に一台あり、外側を向いているからここは安全だ。いや……やはり所長室の中に設置されているかもしれない。面接の時にざっと確認した限りでは見当たらなかったが、本棚の陰のような場所に小型のカメラを潜ませている可能性もある。このダブルロックの鍵穴は解錠作業に時間がかかりそうだし、鍵自体に警備会社への通報システムが備わっていたら……。迂闊《うかつ》な真似《まね》は控えたほうがいい。

「やめた」

瑠美は肩に掛けたバッグの位置を直し、玄関へと向かった。

施設を出てすぐ、背後から「すみません」と声をかけられた。聞き覚えのある声。

「何の用？」

瑠美は声の主を想像して振り返ったが、予想とは違う見知らぬ男が立っている。

「あ……ごめんなさい。知っている人の声に似ていたので」

おかしいなと思いつつ頭を下げると、目の前の男が「ははっ」と笑って答えを明かした。

「いや、間違っていないですよ。下田です」

「ええっ」

今度は瑠美が驚かされる番だった。瑠美を見下ろしているのは、ライトブラウンのジャケットに黒いスキニーパンツ姿で、細い眉をした人懐っこい顔つきの男だ。太い眉が特徴的な下田の顔とは違う。

「あれは付け眉毛です」

「嘘。変装してたの？」

「そうなんです。東部クリーンでは帽子をかぶってマスクをつけていましたからね。眉毛の印象が違うだけで、結構変わるでしょう？　ええと、ちょっと相談があるんですけど、今からいいですか。もしこれから予定がなければですが」

「そうねえ……」

瑠美はスマホのスケジュールアプリを確認した。少しの間、指を動かすふりをする。予定なんてないとわかっているが、見栄《みえ》は張っておくべきだ。

「今日はないみたい」

「よかった。どこかで食事をしながらどうですか」

普段は食事の誘いなど簡単には応じないけれど、変装までしていたというのが興味を引いた。その理由を知りたいという好奇心が勝る。

「結構重要な相談？」

「はい。できれば内密にしたくて」

「相談に乗る代わりに奢《おご》りでどう？」

「いいですよ。お店はどこにしますか」

安易に乗ってきた下田に、瑠美は満面の笑みをつくった。

「日本橋《にほんばし》においしいフレンチがあるの」

5

瑠美と下田は日本橋駅近くのフランス料理店に入った。

タクシーで店に移動する間、下田に予算を伝えた。一人三万円以上。本当に重要な相談なら、このくらいは支払うはずだ。それにその店には個室がたくさんある。密談をするにも最適だ。金額を聞いた下田だったが、案外にも「問題ありませんよ」と応諾した。よほど相談したいのか、常日頃から財布の紐《ひも》が緩めなのか。もっとも瑠美としても、内容次第では割り勘にするつもりではあった。

下田の返答を聞いてから、瑠美はタクシーの中で店に電話を入れた。折よく個室が空いていたので予約した。

店に着くと部屋に案内され、四人がけテーブルに向き合って座る。三万二千円のコースと赤ワインをオーダーした。下田の注文する仕草は意外と様になっていた。

中年のソムリエがボトルを持ってくる。テイスティングを終えてソムリエが部屋から出ていくと、軽くグラスを掲げて乾杯した。

「さて、相談って？」

「まずはこれを」

下田はバッグから名刺入れを取り出し、名刺を一枚引き抜いて瑠美に渡した。

「記者……江藤研介《えとうけんすけ》。誰？」

「僕です」

「えっ。下田は偽名なの？　肩書きも……」

瑠美は名刺と下田の顔に視線を往復させる。

「そうです。ハッピーライフへの潜入取材のため、清掃員を装っていました」

変装に偽名、さらには潜入……面白いじゃないか。好奇心に加えて親近感が芽生えてきた。

鴨肉《かもにく》のカルパッチョが運ばれてくる。互いに口に入れてから、下田……いや、江藤が真意を話し始めた。

「僕はフリーの記者で、ハッピーライフで行われている生活保護者の虐待と生活保護費のピンハネについて調べています。ハッピーライフは背後に暴力団の存在があるという噂があり、それも明らかにしたいんです」

虐待とピンハネ、さらには暴力団との繋がり。調査目的は瑠美と同じだ。

「僕の親族が同系列の施設でお金を搾《しぼ》り取られ、さらには虐待の末、半身不随に近い大怪我を負わされて。施設は事故と言い張っていましたがすぐに閉鎖され……証拠隠蔽《いんぺい》のためでしょう。それが五年前です。時を置かずにハッピーライフが開設されました。ハッピーライフでも同様の事件が起きているかもしれません。調査をして真相を突き止め、記事にするつもりなんです」

江藤はバッグから雑誌を手に取り、付箋《ふせん》の貼《は》ってあるページを開いて瑠美に見せた。

〈無料低額宿泊所の問題点に斬《き》り込む〉

というテーマで、無料低額宿泊所の解説や課題、生活保護者へのインタビューが掲載されている。この記事では、江藤が今話したような内容までは踏み込んでいない。署名は江藤研介とある。記者に違いないようだ。この雑誌はそれなりに有名で、瑠美も知っている。

ワインを一口飲んで、瑠美は訊ねた。

「五年前の事件を、今になってどうして？」

「事件後は僕も何かと慌ただしくて。ハッピーライフも開設直後は警戒が強く、近寄る手立てがありませんでした。当面は情報収集に注力して、満を持して潜入調査をしようと決めたんです。潜り込みやすいと思ったので委託業者を装いました。東部クリーンを選んだ理由は、人の入れ替わりが激しく、雇われやすくて辞めやすい。作業する場所の要望も割と聞いてくれるので決めたんです。東部クリーンに関しても準備期間中に調べました」

瑠美が東部クリーンを辞める際、引き留められずにすんなりと辞められた。江藤はそうした企業体質をリサーチしたうえで潜入していたようだ。

「ハッピーライフの調査をしているというのはわかった。で、私に相談って？」

「伊藤さんに……って、瑠美さんでいいですか？　伊藤って知り合いが複数人いるので」

「構わないけど」

「清掃員の立場では時間が限られるし、入れない部屋もあるから、潜入調査をするには限界があります。だから瑠美さんに施設の内情を探って欲しいんです」

「無理だよ、そんなの」

「難しいことを頼もうとはしていません。パソコンの中を調べる程度でもいいんです。それは清掃員の立場ではできないですし」

「どうして私に頼むの？」

「瑠美さんが常勤の職員になったのを知ったからですよ」

江藤の依頼は、まさに瑠美がしようとしていることだ。外部スタッフの身では調査が難しいというのも理解できる。だが、江藤は週に二、三日ほどしかハッピーライフに来ていない。

「そもそも週二程度の出勤じゃ、難しいのはあたりまえじゃない？」

「仕事はこれだけじゃないので。ほかにもあれこれ取材をしています。本当はハッピーライフに集中したいのですが、生活をしていくにはそうも言っていられなくて」

「おばあちゃんの介護というのは？」

「あれは設定です。祖母は四年前に他界しました」

「そう」

瑠美は次に運ばれてきた南瓜《かぼちゃ》のスープをすすりながら、どうしたものかと考える。

「相応の謝礼はします」

「ふうん」

報酬は重要なポイントだ。記者だけに、そのあたりの機微はわかっているようだ。設定という名の嘘は、瑠美も日常茶飯事だから腹は立たない。江藤の親族の話は疑惑を裏づける重要な情報になりそうだし、報道されればこの問題を広く知ってもらえるはずだ。社会問題への警鐘にはさほど興味はなかったが、暴力団と関係する組織をひとつ潰すための援護射撃にはなりそうに思えた。

「どうして私なの？　ほかに職員はいるけど」

「以前からいる職員はハッピーライフの運営方針に疑問を持っていない可能性がありますし、話を持ちかけた職員が裏で暴力団と繋がりがあったら、その時点で潜入調査は失敗です。瑠美さんは職員になったばかりですし、東部クリーンを経ていますから、そういった心配はないと判断しました。それに新しい職場が持つ裏の顔……を知るには早いほうがいいと思ったからです」

「要は説得がしやすいと」

「そうです」

なかなか正直だ。瑠美がハッピーライフで働くと知って驚いていたが、あの時すでに依頼をしようと考えていたのかもしれない。知り得た情報をすべて渡すわけにはいかないけれど、記事として公開されてもいい内容であれば問題ないだろう。

「できる範囲でなら、いいよ」

「ありがとうございます。助かります」

江藤がほっとしたように、あの人懐っこい表情で笑った。どこか犬みたいだなと瑠美は思った。


その後、コースを最後まで堪能《たんのう》し、江藤の支払いで店を出た。

「ああ、おいしかった。私はタクシーで帰るから。その前にこれ」

瑠美は財布から五万円を抜き取り、江藤に差し出した。コースとワインの料金だ。

「奢りのはずでは」

「報酬を弾んでくれればいいよ。試すようなことをして、ごめんね」

「なるほど……では受け取りましょう」

江藤は瑠美の狙《ねら》いを理解したようで、五枚の札を手に取った。

「何かわかったら、名刺にあった電話番号に連絡するから。そうだ、私の番号を登録しておいて」

瑠美は貸与スマホの番号を江藤に伝えた。本来の瑠美の個人情報を特定されないため、プライベート用のスマホは任務完了まで鬼子母神の自宅に置いてある。

江藤は電車で帰るというので、この場で別れた。腕時計を見ると、午後九時になろうとしている。そろそろ名取から定時連絡がくる頃だ。江藤の取材に関してはまだ話さなくていいだろう。下手に伝えて警察にマークされたら気の毒だ。

瑠美は行き交う車の中から、空車表示のタクシーを見つけた。運転手に笑みを浮かべると、腕を肩まで上げて小刻みに手を振った。

第三章　提案

1

瑠美がハッピーライフでの勤務を開始して一週間が経《た》った。

所長の大比良に対し、二日前から名取の部下が尾行を始めた。主に日中と退勤後の行動確認だ。瑠美が内部に潜《もぐ》り込んだため、彼の行動に変化が起きるのではという名取の読みだった。人手不足の中、何とか一人捻出《ねんしゅつ》してくれたようだ。

大比良は勤務中、ほとんど所長室で過ごしている。たまに話し声がするので電話をしているようだが、話の内容はわからない。盗聴器の設置が検討されたものの、盗聴発見器を使用するなど、盗聴対策がされているおそれがあるとして見送られた。外出先は区役所や食事ばかりで、退勤後も月島《つきしま》にある自宅マンションに車でまっすぐ帰っている。竜新会の者とも会っていないが、尾行は始まったばかりだ。これから先、どんな行動を起こすかはわからない。

元職員の野々村については定時連絡で名取から報告があった。

野々村豊《ゆたか》、三十歳。神奈川県鎌倉《かまくら》市の高校を卒業して上京し、現在江戸川区で一人暮らし。アルバイトを転々として二ヶ月前にハッピーライフの契約社員になった。ハッピーライフを辞めた後は自宅近くのパチンコ店で働き始めたという。竜新会との繋《つな》がりは今のところ見えていない。瑠美の採用が原因で解雇されたのかはわからないが、引き続き注視するという。

一般人でも犯罪に関《かか》わる仕事を暴力団から請け負う場合があるから、気に病む必要はないと名取は言っていた。今は目の前の仕事に集中するしかない。

一方、相変わらず利用者たちの口は堅く、有益な情報は得られていない。愛想はよくなってきたが、少しでも核心に踏み込もうとするとはぐらかされてしまう。

これは長期戦かと覚悟を決めた時だ。

今朝からパソコンの中を漁《あさ》っていると、アクセスできないフォルダがあるのを発見した。業務と直接関係ない、メモリを最適化するアプリのフォルダの最下層。しかも「Ｈｅｌｐ」というマニュアルが入っているような名称のため、気がつくのに時間がかかってしまった。

フォルダを開くには権限が必要で、大比良もしくは一部の者しかアクセスできないようだ。本当にマニュアルかもしれないが、それならアクセス権限をかける理由がない。

大比良から信頼を得られれば、アクセス権をもらえるだろうか。このまま経理や事務作業をしていても、施設運営の深い部分に携わるには相当の時間を要しそうだ。潜入調査に期限はないが、長期の停滞はストレスになる。手っ取り早く大比良から信頼を得る方法……大比良が竜新会と繋がっているのなら、自分も犯罪行為に手を貸す必要があるかもしれない。

状況を打破するには、こちらから鎌《かま》を掛けてみるしかないだろう。突飛――いや、独創的な方法で。

その日の午後、瑠美は所長室をノックした。

「伊藤です。少しご相談したい件が」

「伊藤ちゃんの相談？　ちょっと身構えちゃう」

大比良がわざとらしく体をくねらせながら、瑠美を室内に招き入れる。働き始めた翌日から、「伊藤さん」から「伊藤ちゃん」に呼び名が変わっていた。

瑠美がソファに座ると、大比良は所長席に腰を下ろした。

「経理の仕事まで任せていただき、ありがとうございます」

「見込んだとおり、いい仕事ぶりのようだね」

「まだまだです。それで……生活保護費の大部分が施設に入っていますが、このお金は適切に使われているのでしょうか。そのあたりのデータがなかったので気になりまして」

「光熱費や税金、人件費といった数字はあるでしょ。利用者から預かっているお金の処理だって問題ないよ。これでも施設経営は苦しいんだから」

大比良が笑った表情のまま答える。

瑠美は声を落として大比良に提案した。

「でしたら、少しでもお金になる仕事を利用者にさせてはどうでしょう」

「何をさせるの？」

「たとえばですね、生活保護者は病院の受診料や薬代は無料ですよね。処方薬を大量にもらい受けて、ネットを介して売ればいいんです。特に精神科の薬はドラッグストアなどでは手に入らないし、勤務先に知られたくなくて受診を敬遠する人もいます。そういう人たちは喉《のど》から手が出るほど薬が欲しいはず。その薬を売ったお金を施設に入れてもらえば、少しは経営が楽になります。もちろん生活保護者にも報酬は渡します。多少なりとも売上の一部を渡せば、不満は抱かれないでしょう」

瑠美は一気に説明した。しかし瑠美の発する言葉が増えるに比例して、大比良の顔がみるみる険しくなっていく。

「犯罪行為のような真似《まね》はできない」

大比良は立ち上がり、瑠美の提案を一蹴《いっしゅう》した。

「そんなつもりは。私はただ、少しでもお金に――」

「わかったら出ていって。この話は二度としないで」

大比良は手で追い払うような仕草をして、瑠美を所長室から追い出そうとする。

「申し訳ございません」

瑠美は丁重に頭を下げ、所長室のドアを閉めた。

種は蒔《ま》いた。あとは大比良がどう出るかだ。

瑠美はドアの向こうにいる大比良に、にやと笑ってみせた。

2

翌朝、瑠美は所長室に呼ばれた。

今日はソファを勧められなかった。大比良が人差し指でデスクを叩《たた》いたので、所長席の前に立つ。

「狙《ねら》いは何」

大比良は腕組みをして瑠美を睨《ね》め上げた。声色は不機嫌そのものだ。

「狙いとは？」

「突然職員になりたいと訴え出たり、違法な金策を提案したり。普通じゃない。どうしたいわけ？」

「先日申し上げたとおり、このまま終わりたくないからです。詰まるところ、私は成り上がりたいんです」

「成り上がる？　こんなチンケなところで？」

大比良は吹き出し、腕を解いて両手の掌《てのひら》を上に向けた。

「ここで終わるつもりはありません。私は上を目指しています」

「上……って所長？」

「もっと上です」

「私が責任者だけど」

「私がここで働きたいとお願いした時、所長は相談しないといけないと仰《おつしや》いました。さらに上の人がいるのかなと思ったんです」

大比良は真顔になり、再び腕を組んだ。

「人の話をよく聞いているんだね。いたとしたら私だけじゃなくて、その人からも認められる必要があるけど。そこまで行くつもり？」

瑠美は肯定の意味を込めて顎《あご》を引いた。

「理由はまあ、いいでしょう。それより……」

大比良の眼光がいっそう鋭くなる。

「あなた、警察と関係していないだろうね？」

「していたらこんな提案はしません。犯罪……という認識はあるので」

訊《き》かれると思っていた。想定していた回答で応じる。

「そうかな？　警察と関係しているのだとしたら、多少の罪は見逃してもらえるんじゃない？」

「仮にそうだとしても、そんなに甘くないと思いますけど。そもそも信用できません。警察は……大っ嫌い」

一瞬名取の顔が浮かんだが、強い口調で打ち消した。

「警察に何かされたの？」

「昔、妹が冬の山小屋で死んだんです。まだ中学一年生でした。それなのに警察はろくに捜査をせずに、ただの事故って判断して。私は誰《だれ》かに殺されたと疑っていたんですが、全然話を聞いてくれませんでした。結局、真相はわからないまま……」

「そうだったの」

大比良の表情から徐々に険が取れていく。

九割の真実と一割の嘘《うそ》。詐欺師はそれで人を騙《だま》すというが、それほどの配分ではないにせよ、真実をベースにした嘘は確かにつきやすい。あの事件をこんなことに使ってごめんねと、心の内で彩矢香に謝った。

「妹さんの名前は？」

「美奈《みな》です」

躊躇《ちゅうちょ》すれば疑われると判じ、あらかじめ考えておいた名を即答した。

「死因は？」

「凍死……とのことでした。山小屋の外から鍵《かぎ》を掛けられていたんです。警察は、美奈がドアを閉めた時に誤って施錠されたんじゃないかって」

「そう……。伊藤ちゃんは東北……仙台の出身だったね。妹さんはさぞ怖くて寒かっただろうね。でも、どうして殺されたって思ったの？」

「数日前に変な男がうちの前をうろついていたんです。濁った目をしていて、丸みのある顎に髭《ひげ》を生やした気持ちの悪い男です」

あの事件の男の特徴は繰り返し言葉にして記憶した。決して忘れはしない。

「そういうの、警察ってしっかり捜査しなそうだね。まあ、そんな事情があるなら信じてやってもいいよ」

大比良の眼差《まなざ》しが優しさを帯びる。具体的な話に終始したからか、信用してくれたようだ。

「なので、ぜひお願いいたします」

瑠美は深く頭を下げた。その向こうから、大比良の声が降ってきた。

「薬の件、やってみる?」

瑠美は頭を上げた。

「いいんですか」

提案が受け入れられ、心底から嬉《うれ》しげな声を出した。

「利用者を一人紹介する。彼に話をして。ただし足がついたら即解雇だから、肝に銘じておいて。私は絶対に助けないよ」

「わかりました」

「お金は一円もごまかさずに持ってきて。後で呼びにいくから、仕事に戻ってなさい」

瑠美は礼を述べて所長室を出た。

昨日この件を持ちかけた後、大比良より上の者に相談して結論を出したのかもしれない。金になる話なら、どんな提案でも食いついてくる。そう思って種を蒔いたのは間違いではなかった。

デスクに戻って仕事に取りかかる。今夜、名取にこの件を伝えなければならない。潜入の際に瑠美がやむなく行う犯罪は不問にされている。違法薬物や銃の取引現場に居合わせられるのも、そうした措置があるからだ。今回の件が「やむなく」に該当するかはともかく、ターニングポイントとなるのは確実だ。うまくやれば大比良の上にいる者と接触できるはず。

三十分ほどして、利用者の男性が事務室に顔を出した。こけた頰《ほお》に鷲鼻《わしばな》。津島《つしま》という名だったか。年齢は六十歳くらいだが、顔全体に皺《しわ》が多い。

「部屋のドアの開閉がうまくいかないんだ。見てくれねえかな」

津島が瑠美に目配せをしながら訊いた。所長が寄越《よこ》したのは彼か。瑠美は頷《うなず》いて立ち上がり、「私が行きます」と山内と九鬼に告げて事務室を出た。

「今、同室の者はいないんで」

津島は二階の自室に瑠美を招くと、木製の二段ベッドの下段に座った。瑠美は部屋の隅にあった小さな折りたたみ椅子《いす》に腰を下ろす。清掃員として働いていた時に入ってはいたが、六畳程度の室内は簡素で、ベッドとチェスト、椅子、ごみ箱くらいしかない。津島のベッドの枕元《まくらもと》に、古そうな型をしたラジオと薄汚れたイヤホンが無造作に置かれている。電化製品はそれくらいしか見当たらなかった。

「所長が話を聞いてこいって。金になるんだろう？」

「職員の伊藤です。津島さんですよね」

「津島五郎《ごろう》っていうんだ。で、何をすればいい？」

糸のほつれが目立つ茶色いトレーナーと、しわくちゃの青い作業ズボン姿の津島からは、使い古した雑巾《ぞうきん》のような臭《にお》いがした。瑠美は何気ないふうに椅子の位置を少し遠ざけて説明を始める。

「鬱《うつ》病などに使われる薬を、病院でたくさんもらってきて欲しいんです」

「それを売っちまうって算段か。その分け前をくれるってわけだな」

津島が察しよく瑠美の狙いを理解し、軽く手を打った。大比良が指名するだけあって機転が利くのかもしれない。

「利益の何割かを報酬としてお渡しします。総額を見てから、率は決めようと思っています」

「百円とか二百円じゃなければ、いいよ」

津島がところどころ歯の抜けた口を大きく開けて笑う。瑠美も微笑《ほほえ》み返す。

「そんなに安くはないですよ。受診するにあたって、区役所に医療券の申請をする必要がありますが……」

「腹が弱くてたまに病院に行くんで、手順はわかってるよ」

生活保護者は保険証ではなく生活保護受給者証を発行されるが、医療機関への受診は別途「医療券」が必要となる。受診するたび、事前に役所に申請が必要で、あらかじめ指定された「生活保護法指定医療機関」でしか受診できない。大比良に提案するにあたって、このあたりの制度まわりはひととおり調べてあった。

「できれば複数の病院を受診していただきたいんですが、同じ病名で同時にほかの病院は受診できませんよね」

「できねえけど、違う病名ならいけるんじゃねえか。似たような薬なら何でもいいんだろ？　俺《おれ》みたいなのを相手にするとうるさいからか、役所の窓口も案外適当だからよ」

「違う病名なら大丈夫そうですね。では、お願いします」

「薬は後で全部まとめて渡せばいいか？　一回ずつってのは面倒だし」

「構いませんよ。一日で回り切るのは無理ですよね？」

「厳しいな。二、三日くれ」

役所に行く時間も考えると、さすがに無理か。

「わかりました。今日は金曜日ですから……週明けの五月一日の月曜か、翌火曜で結構ですよ」

「そりゃ、助かる」

「ところで津島さんは、いつからこの施設にいらっしゃるんですか」

「もうすぐ一年だな。延長するつもりではいるよ」

「あの……この施設で虐待やいじめとかって、ありますか？」

虐待の事実については情報を得られていない。この機を逃してはいけないと思い、津島に訊いた。

「俺が知る限りでは、ないよ。陰でこそこそやってるやつがいるかもだけどな」

「施設側から嫌がらせを受けたご経験は？」

「特にないな。金はほとんど取られちゃうけど、俺、ほかに行き場がないからさ」

名取の言葉が蘇《よみがえ》る。金の大半を献上してでも、生活する場所を欲している人がいる。津島もそうなのだ。

「預かり金なんですよね？　申し出れば返してくれるんじゃないですか」

「無理無理。申請の書類がややこしくてよ。書くのがめんどくせえし、出してもほとんど却下されちまう。なんでそんなことを訊くんだ？」

「ここに限らず、こういった施設では虐待やピンハネといった問題があるって、テレビやネットで見たんです。なので、この施設はどうなのかなって心配して」

「気にかけてくれたわけか。ありがたいね。まあ、金は家賃だと割り切ってるよ。おっと、時間がもったいねえな。役所に行ってくるわ」

津島が反動をつけてベッドから下りた。瑠美は慌てて呼び止める。

「処方薬の件、ほかの利用者には内緒にしてくださいね」

「おうよ」

金がもらえるとわかったからか、津島は走って部屋から出ていった。かなり軽いノリだったが大丈夫だろうか。ただ、こうした誘いに乗ってくるのだ。家賃のつもりで払っているとは言いつつ、やはり彼もお金が欲しいのだというのは感じた。

その日の名取との定時連絡で、処方薬の転売の件を伝えた。

『それは違法じゃないか』

黙って聞いていた名取だったが、瑠美が話し終わるや厳しい口調で問い質《ただ》した。

「本当には売らないよ。お金は私が立て替えておくから」

実際に売り捌《さば》くつもりはなかった。要は大比良の信頼を得られればいい。金の出所は重要な問題ではない。

『あまり感心はしない方法だな』

名取が難色を示す。想定内の反応だ。

「私もそう思うけど、状況を変えたかったの」

『独創的と言えなくはないが』

「でしょ？　もう話は進んじゃってるし、やめたら所長からの信頼を失っちゃう。そうなったら、あのフォルダにアクセスする道は閉ざされる。あの中に生活保護者から奪ったお金に関するデータがあるはず」

『そのフォルダ、確かに怪しいんだな？』

「間違いない」

名取はしばらく押し黙った後、軽く溜息《ためいき》をついた。

『仕方ない』

「ありがとう。頑張るよ」

瑠美は声を弾ませて喜びを表現した。

「あとさ、立て替えたお金は……必要経費でいいよね？」

必要な出費が生じた場合は瑠美が立て替えて、後で請求するルールになっている。

『構わんが、処方薬の件は早めに片をつけてくれ』

「アクセス権さえもらえれば、任務はほぼ終わったも同然だから。近いうちに吉報を届けられると思うよ」

『身の安全を第一に考えるように』

「わかってますって。あと、今のところ虐待の事実は確認されていない」

『そうか。ないに越したことはないが、引き続き調べを頼む』

通話を終えてスマホをベッドに置き、キッチンにあるウイスキーのボトルとグラスを持ってきて床に座る。ベッドのマットレスに背をつけて、スルメを嚙《か》みながらちびちび飲み始めた。近所の酒屋で安く手に入ったお買い得品。潜入先は主に都内各地だが、酒屋めぐりは数少ない楽しみのひとつだ。

今のところ、心に過度の負担はかかっていない。どちらかといえば順調だし、気分も前向きになっている。浅草《あさくさ》が近いから、週末にでも繰り出してみようか。甘い物を食べたり、お酒を飲んだり……久しぶりにひつまぶしも味わいたいな。考えただけで楽しくなってくる。徒歩で三、四十分ほどだろうから、歩いて行こう。カロリーコントロールは重要だ。

任務中はできるだけ自然な行動を意識していた。帰宅後の盗聴器の確認もそうだが、監視されている可能性はゼロではない。いかに普通の生活を演じるかというのも、任務の成否に関わってくるはずだ。

やがて酔いが回ってきてベッドに横になると、いつしか眠りに落ちていた。

3

週明け月曜の夕方、津島が事務室に顔を出した。

「今度はベッドの立てつけが悪くなってきてさ。見てくれねえかな」

津島が頬を掻《か》きながら瑠美に視線を合わせた。その目は笑っている。うまくいったのか。

「じゃあ、私が」

山内と九鬼に聞こえるように答えた。

「いつも悪いし、私が行くよ」

九鬼が席を立とうとする。

「大丈夫です。こういう作業にも慣れていきたいですし」

瑠美が押さえつけるような仕草をすると、九鬼は座り直した。

「それは確かに。いろいろチャレンジしてみてね」

拳《こぶし》を作って励ます九鬼に笑みを投げ、瑠美はさりげなく財布を手にして事務室から出た。

「うまくいったぞ」

部屋に入るや、津島が布団の中から膨らんだ白いビニール袋を取り出した。

「向精神薬四種類を一日三回一ヶ月分、睡眠導入剤を一日一回一ヶ月分、合わせて三百九十錠だ」

瑠美は袋を受け取って中を検《あらた》める。それぞれ異なる調剤薬局の紙袋が入っていた。期待していた薬ばかりだ。

「すごいですね。違う病名でいけましたか」

「向精神薬は鬱病の診断で抗鬱薬を二種類、不安症の診断で抗不安薬を一種類出してもらえた。あとは緊張型の頭痛緩和でも抗不安薬が一種類出た。さらに不眠症で睡眠導入剤だ。この病名で毎月受診できそうだぞ」

「毎月行っていただけると助かりますが、無理はしないでくださいね」

調子に乗って下手を打たれると困る。気づかうように言って、それとなく制した。

「おうよ。うまく立ち回るさ」

津島が自信ありげに、にんまりと笑う。

「約束した報酬です」

瑠美は財布から一万円札を抜いて津島に渡した。津島が目を見張って札を受け取る。

「こんなにいいのか」

「今回は、ですけど」

札を崇《あが》めるように広げている津島にあらためて礼を述べ、ビニール袋をいったん返した。

「六時に仕事が終わるので、その時に取りに来ますね」

事務室には山内たちがいる。こんなビニール袋を持って戻ったら何か問われるだろう。

「おう。それまで昼寝するわ。寝てたら勝手に持っていってくれていいよ」

津島がベッドに転がり、ビニール袋を足下に置いた。彼も察しているようだ。

瑠美は「では、後ほど」と言い置いて事務室に戻った。


午後六時――。

瑠美は帰宅の支度を終え、「お先に失礼します」と挨拶《あいさつ》をして事務室を出た。二階に上がり、津島の部屋に向かう。ドアを開けて覗《のぞ》くと、津島はまだ寝ていた。室内は薄暗くなっている。起こさないようにそっとビニール袋を手にしてドアを閉めた。

「それ、何？」

背後からの声に、思わず両肩が跳ね上がる。振り返ると山内が立っていた。

「あ、山内さん。ドアやベッドを直したので、津島さんがお礼をくれたんです」

「お礼？　俺には一度もないなあ」

山内が瑠美のビニール袋をじっと見ている。瑠美は腕を後ろに回し、袋を背面に隠す。

「山内さんこそ、どうしてここに？」

「伊藤さんが事務室を出た後、トイレに行きたくなって、俺も部屋を出たんだよ。そしたら階段を上がっていくのが見えたんだ。何か問題が起きたのかなと思ってね」

「そうでしたか。私はそういう事情で二階に来たんです。では、失礼します」

瑠美は山内の横を通り過ぎようとする。すると、山内が突然瑠美の手首をつかんだ。

「何をするんですか」

瑠美は反射的につかまれたほうの手をパーの形に開いて、肘《ひじ》を出しながら手前に引いた。すると山内の手が自然と外れ、彼の体が前のめりになる。合気道の「手ほどき」という技だ。

「何だ？　武術でもやってるのか」

山内が体勢を戻しながら驚いた表情をする。

「いえ、偶然です」

「本当か？　まあいい、そんなことより」

山内がひとつ咳払《せきばら》いをしてビニール袋を指差した。

「お礼って嘘だろ。津島さんの部屋、暗いじゃないか。あとそれ、薬でしょ？　まさか施設の利用者に無料で薬を処方させて、伊藤さんが買ってるのか」

山内が喋《しゃべ》りながら袋の中を覗き込もうとする。ビニール袋の外側から、調剤薬局の紙袋のシルエットだと判断したらしい。

「違いますよ」

「じゃあ、何なんだ」

山内の目は不審感に満ちている。言い逃れはできないだろう。

「わかりました。来てください」

「どこへ？」

「所長室に」


瑠美がノックをして所長室に入ると、大比良は黒いバッグを手に持っていた。帰るところだったらしい。

「所長、お帰りの折にすみません。今、少々よろしいでしょうか」

「あら、伊藤ちゃん。山内君まで――」

大比良は瑠美の持つビニール袋に気づき、「ははあ」という表情をしてバッグを置いた。

「さっそく、足がついたの？」

「ついていません。山内さんが勝手に私を尾《つ》けてきたんです。手首もつかまれました」

「セクハラのクレーム？」

「俺はセクハラなんてしていません。伊藤さんが妙な行動をしているのが悪いんだ」

山内が怒気を露《あら》わにして大比良に抗議する。

「所長、この施設では普段から職員にそういう教育をされているのですか」

瑠美は大比良のほうに一歩進み、負けじと抗する。大比良が鼻で笑う。

「教育とは言ったもんだね。尾行して同意もなく手をつかんだのならセクハラでしょ。ストーカー行為もつけとく？」

「所長……」

山内が不満そうな声でつぶやく。

「山内君、この袋の中身は私が頼んだものなの」

「え……そうなんですか」

「伊藤ちゃんと津島さんにお願いしてね。これ、あっちの仕事に使うから」

「そうでしたか。それならそうと言ってくれればいいのに」

山内が恨めしげな目を瑠美に向けてから大比良に訊いた。

「これからは伊藤さんも？」

「そうだよ。だから、この件はもうおしまい。伊藤さんも水に流して……仕事に対する山内君の熱意ってことで、ひとつ勘弁してあげて」

大比良が話をまとめにかかる。「あっちの仕事」という大比良に、山内は理解を示した。

山内もこうした法に触れるような仕事を任されているのだろうか。

「すみません、過剰な反応でした。あの、山内さんも——」

「そのうち話してあげるから。今日はこれで終わり。さ、帰りな」

大比良が自分のバッグに手を掛ける。今、話をするつもりはないようだ。瑠美は山内と所長室を出た。

「伊藤さん、酷《ひど》いじゃないか。セクハラ被害のように訴えるなんて」

廊下を歩きながら山内が文句を垂れた。顔は少し笑っている。もう怒ってはいないようだ。

「言い過ぎました。でもいきなり手首をつかむのは、誰に対してもやめたほうがいいですよ」

「わかったよ。もうしないから」

「あっちの仕事っていうのは?」

「所長がそのうちって言っていたからね。近いうちにわかるよ。その薬をどうするのか、なんとなくわかったし。じゃあ、おつかれさん」

山内は事務室の前で立ち止まり、軽く手を上げた。大比良が話してくれるのを待つしかなさそうだが、山内も犯罪に等しい行為をしているのは間違いないだろう。名取に山内の素性を調べてもらえるか打診してみよう。

「ああっ、九鬼さん帰っちゃったよ。施錠してある。ほんと時間に正確なんだから」

山内が消火栓の扉を開け、鍵を手にした。山内は時折遅くまで残っているようだったが、九鬼は残業をしないポリシーなのか、毎日定時の六時に帰宅している。

さらに山内は一、二週間に一度は役所などの外回りをしており、その際は直行直帰で施設に出勤しない。だが先ほどのやり取りを聞いてしまった以上、本当にハッピーライフの仕事をしているのかはわからない。

瑠美は山内に挨拶をして帰路についた。

マンションに帰ると、キッチンに備えつけられている引き出しに薬を押し込んだ。

ネット売買では一錠百円から百五十円ほどが相場だ。今回は三百九十錠なので、多めに見積もって五万八千円ほどか。五人でやれば三十万円弱になるから、毎月の生活保護費二人分程度に相当する。それなりに実入りのよい収入ではないだろうか。

その夜の定時連絡で、処方薬を手に入れた旨と、山内が犯罪に関わっているようだと名取に伝えた。

「山内さんの素性を調べられる？」

『調査してみよう。多少時間はかかるが、何かわかったら知らせる』

「よろしくね」

『薬の件も了解だ。任務が終わるまで保管しておいてくれ』

「間違っても売らないから心配しないでよ」

『あたりまえだ』

名取が真面目《まじめ》な声色で答える。いつも通りの反応で、それがかえって安心感を誘う。つい笑ってしまった。

『何かおかしかったか』

「ううん、何も。ところで明後日《あさって》からゴールデンウィークだけど、名取さんのご予定は？」

『仕事だ』

「休みじゃないの？」

『いろいろ溜《た》まっていてな。ルーシーはしっかり休んでくれ』

「そうする。連休中に施設の中をもう少し探りたかったんだけど、休みの間に出勤していたのがばれると後が面倒だから、やめておいた。この辺りは下町で風情がいいし、ぶらぶらして過ごすよ」

『それがいい』

任務中は名取を始め、警察関係者とは会わない。これも監視を警戒しての措置だ。例外としては瑠美が物的証拠を手に入れた際、その受け渡しのために捜査員と会う場合がある。充分に周囲を確認したうえでマンションに取りに来たり、外で落ち合ったりと、方法はさまざまだ。

「名取さんは働き過ぎだから、少しは休暇を取りなよ」

『土日は休む予定だ』

「それはゴールデンウィークと関係ないよね」

『ないな』

「わかってるじゃん。じゃあ、週末はゆっくりしてね。おやすみ」

瑠美はにやつきながら通話を終え、ウイスキーのボトルに目を向けた。ほとんどなくなっている。駅前のスーパーは深夜まで営業しているから、まだ充分間に合う。

「連休に入るし、買い足しにいきますか」

ベッドから跳ねるようにして下り、財布を片手に玄関のドアに手を掛けた。

4

ゴールデンウィークが明けた月曜の朝。

瑠美は大比良に五万八千八百三十円の入った封筒を渡した。一円もごまかすなと念を押されたので、端数をつけておいた。まとまったお金は出勤前にＡＴＭで下ろしてきた。

「もう全部売れたの？　四百錠近くあったでしょ」

所長室の椅子に座り、大比良が驚きながら封筒を受け取る。

たし」

「欲しがっている人はたくさんいますから。連休で時間的に余裕のある人が多いようでし
「だとしても、いい感じじゃないの」

大比良が札を取り出し、封筒を下に向けた。硬貨がデスクの上に散らばる。勘定し終え
た大比良が、札と硬貨を封筒に戻した。

「一人一回でこの額なら、まあまあだね」

大比良が満足げな顔をしている。

「五人なら三十万円弱が見込まれますが、人数を増やすほどリスクが高くなります」

「多くて五人かな」

「津島さんには一万円を渡しました。封筒からその額は抜いていません」

「気前がいいね。五千円でも多いくらい。伊藤ちゃんの手間賃は給与にのせておくから」

大比良が封筒から一万円札を抜き取り、瑠美に差し出した。受け取っておいたほうがい
いだろう。どうせ自分のお金だ。礼を述べて、札を手に取った。

大比良が封筒を所長席の引き出しに仕舞い、値踏みするような目つきをする。

「それにしても伊藤ちゃん、やっぱり何でもできそうだね。ねえ、もっと大きなヤマに興
味はある？」

「あります」

少々きな臭い感じはしたが即答していた。

「そうこなくちゃ。処方薬を売る役は山内君に任せるわ」

「私、どちらの仕事もできますけど」

「山内君に経験させておきたいの。明日でいいから、売り方を教えておいてくれる？　病院に行く利用者は私が選んでおくから」

「承知しました」

処方薬の販売役は代わりたくなかったが、そう言われては抗《あらが》えない。

「あの……やはり山内さんも？」

「そうだよ。いろいろとそつなくこなしてくれるから、あれはあれで重宝してる」

「いろいろとは？」

「たとえばそれが、もっと大きなヤマ」

「仕事の内容は？」

「詳しい話はまだできない」

大比良はなかなか核心まで話してくれない。山内が犯罪に関わっているのはわかったが、九鬼はどうなのだろう。

「九鬼さんも同じように？」

「九鬼ちゃんは、ちょっと違うかな。彼女には別の仕事があるから」

「別の？」

「ハッピーライフの仕事に決まっているじゃない」

大比良は笑い飛ばしたが、あまり目が笑っていない。さらに異なる種類の仕事があるのだろうか。九鬼は毎日定時に帰宅しているし、山内のように直行直帰という日はない。犯罪に手を染めているとは思えなかったが、それを否定するような大比良の態度だった。彼女の素性も名取に調べてもらう必要があるかもしれない。

瑠美が愛想笑いを返すと、大比良は腕時計に目を落としながら訊いた。

「今夜、時間ある？」

「あります」

再びの即答。スマホは確認しなかった。大比良の要求を最優先するという印象をつけておきたい。

「ヤマを任せる前に、会わせたい人がいるの。少し遅いけど八時に出るから。夕ご飯でも食べて、またここに戻ってきて」

「わかりました。では」

瑠美は丁重に腰を折って所長室をあとにした。

会わせたい人というのは、きっと瑠美の採用の際に大比良が相談したという者だろう。やはり竜新会の者なのだろうか。瑠美の中でにわかに緊張感が増してくる。

大比良には尾行の捜査員がついている。これまで怪しい行動をしていなかった大比良だが、今夜ついに竜新会との繋がりが明らかになるかもしれない。もし身の危険を感じても、近くに捜査員がいる。そう思えるだけで心強く感じた。

女子トイレに寄って個室の中でスマホを取り出し、名取にメッセージを送った。今夜八時に人と会うので定時連絡の時間を過ぎるかもしれない。終わり次第こちらから連絡するという内容だ。名取から返信はないとわかっている。すぐにメッセージの履歴を削除して、水を流してから個室を出た。

事務室に戻ると、山内が真面目な顔をしてタイピングをしていた。何かの資料を作成しているらしい。明日、彼に処方薬の販売方法を教えなければならない。

山内は連休前の件は気にしていないようで、今朝も普通に話しかけてきた。むしろ気になるのは九鬼のほうだ。彼女に直接聞いてみたいが、犯罪に関わっていない可能性だってある。自分からは訊《たず》ねないほうがいいだろう。

九鬼の席を見た。彼女はモニターを眺めながらマウス操作をしている。

瑠美は彼女から視線を切ると、いつもと同じような動作で自席に座った。

5

瑠美は近くのファストフード店で軽くサンドイッチを食べ、約束の午後八時に所長室のドアを叩いた。

「行くよ。ついてきて」

大比良は正面玄関とは逆のほうに歩いていく。階段裏の非常ドアを開け、「こっち」と瑠美を促す。

施設の裏手にはマンションが二棟建っており、その間に狭い通路がある。大比良はすると進んで道路に出ると、東側から回り込む形で、南にある蔵前橋《くらまえばし》通りに向かった。

大比良は普段、車で通勤している。それを使わないということは、大比良は自身が尾行されていると気づいているのだろうか。それとも、その人物に会う時は用心のためにこんな回りくどい方法をとっているのだろうか。

尾行を担当している捜査員は、この大比良の行動に気づいていないかもしれない。いざとなれば一人で逃げ切ろうと覚悟を決めた。

大比良が蔵前橋通りを走るタクシーを呼び止めた。

「東陽町《とうようちょう》駅まで」

大比良が行き先を告げる。駅に向かう？　不思議に思っていたが、東陽町の駅前で降り、すぐに別のタクシーを拾った。乗り換えだ。

「葛西《かさい》駅まで」

瑠美は頭に地図を描いた。錦糸町から南下して東陽町。東陽町から東進して葛西。そこからさらに移動するのだろうか。

やはり葛西駅でも大比良はタクシーを捕まえ、「葛西臨海公園までよろしく」と運転手に伝えた。公園……そこが最終的な行き先なのか。

葛西から再び南下して葛西臨海公園に着くと、大比良は海のほうへ歩き始めた。それなりに人が多く、カップルや若い男女のグループの声が聞こえてくるが、闇《やみ》の合間に点在する街灯は頼りない。

大比良はこの公園のどこに、自分を連れていこうとしているのか。本当に人と会わせるつもりなのだろうか。人気《ひとけ》のないところに引きずり込まれて、暴行されるかもしれない。それを脅しの材料にして瑠美を従わせ、新たな仕事に強制的に就かせる。生活保護者を食いものにしているのだ。その程度のことは画策してもおかしくはない。

警戒すべきだ。大比良が少しでもおかしなそぶりをしてきたら、合気道の技で出鼻を挫いて即座に逃げる。瑠美は歩きながら逃走ルートを頭に入れていった。

大比良はまっすぐ海辺へと向かっていく。公園の中程に時計が立っており、時刻は八時四十分を指していた。

潮の香りが強くなってきて、やがて海岸線に出た。石畳が敷かれ、その先で黒い海が凪《な》いでいる。東側には不夜城のような東京ディズニーリゾートが目映《まばゆ》い光を放ち、海原を煌《きら》めかせていた。

こちら側に背を向けて海を眺めているスーツ姿の男がいる。

「お連れしましたよ」

大比良が男に声をかけた。先ほどまでの瑠美の懸念は払拭《ふっしょく》されたが、新たな緊張が取って代わる。

「ああ」

男が背中で答えると、大比良は「私はあっちのベンチにいるんで」と、この場から去っていく。

男が振り返り、瑠美の目を見つめた。

若い——。

二十代後半ほどか。だが、引き締まった頬と強い意志を感じさせる瞳《ひとみ》は、一目で実力者とわかる面構え。体格もよく、百八十センチはありそうだ。体に合った仕立てのいいライトグレーのスーツは、高級店のオーダーメイドか。

「所長から話は聞いている。名は……伊藤瑠美といったか。なかなか面白い女だな」

低音で落ち着きのある声。悪くない。

続けて男が訊いた。

「家族は？」

いきなり家族について問われて面食らったが、瑠美は正直に話した。

「いません。父と離婚した母は十二年前に他界しました。父の行方は知りません。妹がいましたが、彼女も十五年前に亡くなりました」

「そうか……いろいろありそうだな。肉親がいると動きが鈍くなる。それをまず確認したかった。それと、敬語は使うな。俺とは素のままで話せ。敬語はある意味、本心を隠す盾になる」

「わかった」

瑠美の即応に、男はゆっくりと頷く。

「職員になりたいと申し出たり、病院の薬の転売を提案したり……何がしたいんだ？」

「所長にも言ったけど、成り上がりたいの。力が欲しいし、お金もたくさん欲しいし」

「犯罪行為で稼いだとしてもか？」

「別に気にしない。得るものが大きいほど、リスクも大きくなるのは当然のこと。仮に捕まっても豚箱に入るだけでしょ。悲しんでくれる人なんていないしね。自己責任ってやつ？」

「わかってるじゃないか。覚悟はありそうだ」

「なかったら、所長にあんな提案してないから」

男は顎に手を添えて考える仕草をする。瑠美は全身を見定められているような感じがしたが、素知らぬふうを装って耐えた。

「よし、仕事を任せよう。詳しくは所長に聞け」

「いいの？」

「何が」

「私、まだ二言三言しかあなたと会話してないけど」

「本当にできるやつなら、その程度で充分わかる。それに、あんたの目がいい。力強い野心を感じる。だから任せようと決めた」

「任せてくれるなら文句はないけど……。あなたはどういう立場の人なの？」

「ハッピーライフの管理者だ」

「管理者は所長でしょ」

「その上だ」

「どういうこと？　あなた、暴──」

「それ以上は言うな。聞かないほうがいい。とにかく俺には裁量権がある。それだけ知っておけばいい」

瑠美は不承不承といった口調で応じる。すると男は「ただし」と、凄《すご》みのある目で瑠美を見据えた。

「俺を裏切るなよ」

「あたりまえでしょ。裏切った時点で、私だって破滅するから」

男は初めて笑みのような表情を作り、東のほうを眺めながら訊いた。

「あそこは好きか？」

その先には煌々《こうこう》と夜を照らす東京ディズニーリゾートがある。瞬間、赤い花火が上がった。黒い空と海に、鮮やかな火の花が咲く。

「行ったことない」

「俺もだ。だが、外から見るのは結構好きでな。無数の人間があの中で夢を見ている。夢を見させてもらっている。そうしないと生きていけないやつらと、俺は違う。それを認識するために、たまにここに来るんだ」

誘拐された時に彩矢香が「帰ったらディズニーランドに行きたい」と言っていた。生き残った自分だけがああいう場所で楽しんではいけない。そう思って生きてきた。だからあれ以来ディズニーランドに限らず、遊園地には一度も行っていない。あそこにいる人たちと自分は違う。男の言う意味とは少し違うが、言っていることはわかるような気がした。

「私も違うと思ってる。だから行かない」

素直に言葉がこぼれた。

男はそれには答えず、「任せたぞ。じゃあな」と歩きだす。

「あなた、名前は？」

男は振り返らずに答えた。

「リキだ」

リキの姿が闇に消えていく。入れ替わりに大比良が戻ってきた。

「どうだった？」

「任せるそうです。詳しくは所長からと」

「やっぱり。伊藤ちゃんなら選ばれると思っていたよ」

大比良は推薦した自身を誇るように自分の胸を叩いた。

「彼が所長の上の人なんですか」

「実質ね。さらに上にはものすごく怖い人がいるけど、ハッピーライフはリキの管理下にあるから、彼の裁量でいろいろと決められるの」

さらに上となると幹部クラスだろうか。これ以上深く質問すると不審感を持たれるかもしれない。まずは大比良とリキの信頼を得るのが先決だ。

葛西臨海公園駅まで歩くと、大比良が立ち止まった。

「詳細は明日話すから。今日はここまで。帰りはタクシーでもいいし、電車でもいい。交通費は後で申請して」

「電車にします」

大比良は頷くとタクシー乗り場のほうへ足を向けた。瑠美とは別の交通機関を使うつもりだったようだ。

瑠美は電車を乗り継いで東向島のマンションに帰った。

部屋に入ってスマホの時計表示を見ると、十時前になっている。瑠美は名取に電話をかけた。

「名取さん、遅くなってごめん」

『構わんが、ハッピーライフに人の出入りはなかったと聞いている。どうやって会った？』

「やっぱり尾行はできなかったようだね」

瑠美は葛西臨海公園で竜新会の者と思われる「リキ」という男に会ったと伝えた。

『リキ？　竜新会の若衆に菊川《きくかわ》梨樹《りき》という者がいる。彼かもしれない』

リキは五年ほど前に竜新会に入るや、すぐに頭角を現した実力者だと名取は言う。一般組員である若衆の中でもかなりの力を持つに至り、ゆくゆくは若頭を目指せる存在として一目置かれているらしい。彼を最初に見た時の、瑠美の抱いた印象は間違っていなかった。

「そのリキが現れたのなら……」

『ハッピーライフと竜新会の繋がりは決定的と見ていい。リキから任された仕事の内容を把握してくれ』

「了解。あと、所長は尾行を察知しているかもしれない」

瑠美は葛西臨海公園に着くまで、大比良が何度もタクシーを使って移動したと告げた。

『気づかれている可能性はあるが、リキと会う時はいつもそうしているのかもしれない。施設の裏手も注意するよう、担当捜査員に伝えておく』

「ハッピーライフの職員について調べる件だけど――」

『着手した。もう少し時間をくれ』

「ごめん、山内さんだけじゃなくて、九鬼さんも調べられる？」

瑠美は九鬼について訊いた時の大比良の反応に違和感を持ったと話した。

『それは直感か？』

「そうだけど」

『ルーシーの直感は結構あたるからな。追加で調べておこう』

「ありがとう。よろしくね」

通話を終えた瑠美は、電車内でかかってきたために出られなかった着信の履歴を見た。この番号は記者の江藤だ。清掃業者に変装してまでハッピーライフに潜入取材をしていた男。その江藤の人懐っこい顔を思い出しながら、続けてかけ直した。

『瑠美さん？　ああ、よかった。電話に出なかったから心配していました』

「案じてくれてどうも。どうしたの？」

『あれから少し日が経ったので、進捗《しんちょく》を確認しようかなと』

「グッドタイミング。ハッピーライフと暴力団の関係がつかめそうだよ」

『それはすごい』

江藤が驚きの声をあげる。

『ぜひ記事にしたいですね。どの程度、裏は取れていますか』

「まだまだ。わからないことがたくさんあるから、また連絡するよ」

『楽しみに待っています』

江藤は興奮気味の口調のまま電話を切った。

瑠美はスマホを手にしたまま、名取と江藤の着信履歴と通話履歴を削除した。万が一のために、スマホのアドレス帳は空にしているし、履歴も都度消していた。名取の電話番号だけでなく、江藤の番号も暗記しているから問題ない。

ようやく人心地がついた気がして、スマホをベッドに放った。

リキと会ったからか、今になって少し動悸《どうき》がし始めた。でも、この程度なら問題ない。お酒を入れればおさまるはず。一杯飲む前にさっぱりしよう。バスタオルと着替えを手にすると、キッチンにあるウイスキーのボトルを指で弾《はじ》き、浴室に足を向けた。

第四章　売買

1

翌日の昼過ぎ。

瑠美は処方薬の転売方法をレクチャーするため、山内に声をかけた。九鬼が昼休みで外出したから、その間を狙《ねら》った。

「所長からうかがっていますか」

「あの件だろ」

大比良は昨日、瑠美と話した後に山内に伝えたらしい。

「方法をお教えします。お昼休みですけど……」

「俺《おれ》は構わないよ」

山内が応諾したので、瑠美は山内の席に椅子《いす》を移動させた。実際に操作してもらったほうが覚えは早い。

売買の方法は、通常のインターネット検索からはアクセスできない個人間取引の掲示板を利用するというものだ。隠語を使用して交渉し、可能であれば一人で全部買ってくれる人が望ましい。取引の回数を増やせば、そのぶんリスクが高まるからだ。交渉成立後は直接会って取引する。そのため相手は関東在住者に限定する。互いの個人情報はもちろん知らせない。

山内のパソコンも捜査が入れば押収されるだろうが、一応は身元が特定されないよう匿名のプロキシサーバーを複数経由してアクセスする方法を教えた。

「なんか複雑だな。俺にできるかな」

「慣れてしまえば簡単ですよ。それにまだ薬は手元にないですから、時間はあります。最低限、ここだけ押さえておけば大丈夫です。基本的なやり方をまとめて、後でメールしますね」

山内は仕組みをよくわかっていないようだったが、ひとまず掲示板へのアクセスの仕方と売買の方法だけを教えておいた。処方薬の入手はこれからだし、人選も済んでいないようだ。彼が操作に慣れて売買を成立させるまでに、今回の任務を終えられるといいのだが。

三十分ほどで説明を終えると、山内は「腹減った」と腹に手を置き、買ってきた弁当を食べ始めた。瑠美も昼食を買ってこようと思い、ショッピングセンターへと向かった。勤務を開始して以来、九鬼の誘いで二回ほどランチに行った。仕事の話を振ってみたが、九鬼は特に不満なく働いているようで、それ以上の情報は得られなかった。さらに深い話をするために、今度は瑠美から声をかけてみようか。

午後には大比良から新しい仕事の説明があるはずだ。そう思って急いで弁当を買って施設に戻った。その後も仕事を続けながら待っていたが、いつしか退勤時間の六時を迎えていた。九鬼が「お先に」といつものように瑠美に手を振って帰宅する。

新しい仕事の説明はまだ受けていない。大比良は忘れているのか、それとも多忙なのだろうか。帰る前に所長室に顔を出そうかと考えていると、山内が声をかけてきた。

「伊藤さん、そろそろ行くよ」

「どこにですか」

「さっき、大比良さんから頼まれたんだ。僕が直接見せたほうがいいだろうって」

新しい仕事の件だろう。瑠美は腕時計を見ながら訊《き》いた。

「わかりました。直帰ですか？」

「またここに戻ってくるよ。残業手当はちゃんと出るので安心して」

山内はショルダーバッグを手にすると事務室の明かりを落とし、施錠してから瑠美を連れて施設を出た。

尾行は大比良だけで、瑠美や山内にはつかない。捜査員はほかにも多くの捜査を抱えていて人員を割けないからだ。協力者との契約は捜査員のリソース軽減という意味合いもある。現場で行う仕事の説明を山内に任せたのなら、大比良は尾行に気づいているのだろうか。それはまだはっきりしない。

二人は地下鉄で移動した。行き先は六本木《ろっぽんぎ》だという。半蔵門《はんぞうもん》線で青山《あおやま》一丁目まで行き、大江戸《おおえど》線に乗り換えた。六本木駅の長いエスカレーターを上って地上に出る。夜の六本木は人が溢《あふ》れていた。日本人だけでなく、外国人の姿も多い。山内は人の波をすり抜けて裏通りに入っていった。瑠美もその後についていく。

山内が立ち止まり、電柱の陰に移動した。

「こっちへ」

山内がすぐ脇《わき》に瑠美を立たせる。裏通りもそれなりに人が行き来している。その中に、どこかで見た男の顔があった。すぐに思い出す。ハッピーライフの利用者だ。五十代半ばで、いつも薄汚れた緑色のジャンパーに、サイズの大きい黒いスウェットパンツを穿《は》いている。今も同じ格好で、見るからにみすぼらしい。

「彼は……利用者の方ですよね」

「ここで見守るよ。よく見ていて」

利用者の男は手持ち無沙汰《ぶさた》な様子で立っている。いや、誰《だれ》かを待っているのか。しばらくして青いキャップをかぶった若い男がやってきて、彼に声をかけた。ゆとりのある白い

Tシャツに青い細身のパンツ。男は小綺麗《こぎれい》な格好で、どう見ても利用者と知り合いではない。

何を話しているのかと思っていると、若い男が利用者の彼に二つ折りの札を渡した。一万円札か。ここからでも厚みがあるのがわかる。結構な額のようだが、利用者の彼は素早くジャンパーのポケットに押し込み、反対のポケットから小さなビニール袋を取り出して男に渡した。

あれは……違法薬物？

「ちょっと、あれって」

「彼に販売役をお願いしているんだ」

あまりの事態に瑠美は声を発せられない。

大比良は施設を利用する生活保護者を違法薬物の売人に仕立て上げていた——。

「取引が問題なく実行されるか監視して、売上金を回収する。これが仕事だよ。しっかり見た？」

「は、はい」

「簡単だろ？　ほら、彼が帰っていく。この後はお金の回収だ。行こう」

山内は淡々とした調子で駅へと向かっていく。

瑠美は心臓の鼓動がいつもより激しくなっているのを意識しながら、山内の背中を追った。大江戸線の下りエスカレーターが、来た時よりもはるかに長く感じられた。

2

売上金の回収は錦糸町駅近くのロッカーで行われた。

一度ハッピーライフに戻り、山内が先ほどの施設利用者に報酬の五千円を渡し、その際にロッカーの鍵《かぎ》を受け取った。

山内は錦糸町駅の西側にあるコインロッカーに瑠美を連れていく。

「ここで待ってて」

少し離れた場所に瑠美を立たせる。山内は並んでいるロッカーに歩いていき、そのうちのひとつを開け、札束を取り出すとショルダーバッグに入れてすぐに閉じた。

「戻ろう」

山内が瑠美を促し、二人はハッピーライフに帰った。

「何をどのくらいの価格で売ったんですか」

事務室に入ると、瑠美はさっそく問いを投げた。

「覚醒剤《かくせいざい》だよ。一グラム六万円で、二グラムを一袋にして売ってる。今日は二袋だったから二十四万だね。一応一グラム入りのハーフサイズもあるけど、初心者以外はほとんど通常サイズを買うね」

覚醒剤は暴力団が流通を仕切っていると言われている。より安価な大麻や違法ドラッグは、半グレなどの暴力団以外の組織が扱うケースが多い。大麻の末端価格は覚醒剤の十分の一ほど。それだけ覚醒剤は暴力団にとっておいしい利権なのだ。

覚醒剤を売っているのなら、暴力団の存在、つまり竜新会が絡んでいると考えていい。これは間違いなく証拠となる。利用者の生活保護費を巻き上げる以外に、やはりこうした犯罪行為で得た金を資金源にしていた。

「割のいい仕事ですね。処方薬の転売と全然違う」

「覚醒剤は重罪だからなあ。比較はできないね」

覚醒剤取締法では営利目的の譲渡や譲受の場合、一年以上の有期懲役、または情状により一年以上の有期懲役および五百万円以下の罰金となっている。同法違反の前科があれば執行猶予はつかないし、初犯でも認められない場合がある。そのくらい重い罪という認識は山内もあるようだ。それを自分たちで捌《さば》かないのであれば――。

「売っているのは施設の利用者ということにするんですか」

「ことにするというか、実際に売っているのは彼らだからね」

やはり、そうか。覚醒剤の密売が露見した場合、あくまでも彼らの責任にするつもりだ。

瑠美の心に怒りの火が灯《とも》る。大比良に山内……許すわけにはいかない。そうだ、九鬼はどうなのだろう。

「九鬼さんもこういった仕事を?」

「彼女は違うよ。ハッピーライフの仕事はしてくれているけど、ほかに何をやっているのか、よくわからないんだよね」

よくわからない? どういう意味なのだ。

事務室のドアが開いた。大比良だ。

「二人ともお帰り。伊藤ちゃん、ちょっと来て。山内君、あとは私が説明するから、お金を伊藤ちゃんに渡して帰っていいよ」

「了解です。では」

山内がショルダーバッグから売上金を取り出して瑠美に手渡す。茶封筒に入っていた。ロッカーで回収する際、封筒に収めたらしい。瑠美は売上金を持って、大比良と所長室に入った。

大比良がいつものように所長席に座る。瑠美は彼の前に立った。

「ちゃんと見てきた? あれが仕事。伊藤ちゃんに管理を任せたいの」

「でも、あれは」

「豚箱なんて気にしないんじゃなかったの? リキから聞いたよ」

大比良の目が妖《あや》しい光を帯びる。その瞳《ひとみ》の奥で、彼の本来持つ粗暴さが一瞬燃え上がったような気がした。

予期せぬ犯罪が行われていたが、もう引き返せない。大比良からの信頼を得て、あのフォルダへのアクセス権をもらわなければならない。

「もちろん、やりますよ。少しびっくりしただけです」

瑠美は軽い調子で返した。大比良の目元が柔らかくなる。

「単に見て、回収して終わりっていう仕事じゃないよ」

大比良が仕事の流れをあらためて説明する。

大比良が仕入れてきたブツは所長室の机の引き出しに入れてあり、それを瑠美にこの部屋で手渡す。引き出しは鍵付きで、ブツも施錠された箱の中に収め、厳重に保管してある。

瑠美は受け取ったブツを錦糸町駅周辺のコインロッカーに入れておく。錦糸町には数多くのロッカーが点在しているため、同じロッカーは続けて使わずにランダムに選定する。

売人役の施設利用者にロッカーの場所を教えて鍵を渡し、彼らがブツを取りに出向く。

瑠美は取引が予定されている時間に現場へ赴いて監視する。取引を終えた施設利用者は、売上金をブツの入っていたロッカーに置く。瑠美は施設に戻って報酬を支払って鍵を受け取り、ロッカーから売上金を回収する。これが一連の流れだ。

彼らと直接ブツと売上金のやり取りをしないのは、彼らが主体的に取引をしているという状況を作り出すためだという。

山内が時折残業していたのは、この仕事をしていたからだ。現場への移動、監視、売上金の回収は、先ほど瑠美が見てきたとおりだ。

「所長室の隣の物置部屋にある金庫に、売上金を仕舞えば完了ね」

物置部屋はずっとドアが閉まっていたので気になっていたのだが、覚醒剤を売った金を保管する金庫があったのか。

「難しい仕事じゃないでしょ」

「問題ありません」

「お金を扱うから気をつけてね。次に売上金の仕舞い方を教えるよ」

大比良が立ち上がり、所長室に隣接している物置部屋に瑠美を案内した。鍵を使ってドアを開けると、二畳ほどのスペースの奥に五十センチくらいの高さの金庫が置いてあった。

「ダイヤルナンバーは513７9。覚えた?」

瑠美が頷《うなず》くと、大比良が「開けてみて」と金庫を指差した。番号を合わせると、扉が開いた。中にプラスチック製のプレートがある。ここに売上金を載せるのか。茶封筒を置いて扉を閉め、ダイヤルを適当に回した。

「この部屋の鍵は渡しておくよ。お金はあとで私が合い鍵で開けて取り出す。代金は基本的に一万円札で受け取るから、報酬の五千円は伊藤ちゃんが出しておいて。コインロッカー代も一緒に、後で私が精算してあげる」

物置部屋から所長室に戻ると、「質問ある？」と大比良が訊いた。

「取引をしている施設の利用者は何人いるんですか」

「六人。処方薬の転売の時にあなたも言っていたけど、増員するほど情報漏れの危険性が増すからね」

「仕入れはどちらから？　あと顧客についてもうかがいたいです」

「聞いたらそれこそ後戻りできないけど、いいの？」

「後戻りなんてする気はありません」

「言うね。よく聞くんだよ」

大比良が身振りを交えて話し始めた。仕入れはある暴力団の下部組織から大比良が直接行っており、ハッピーライフの利用者は売人として各所で覚醒剤を売り捌いている。購入者は紹介制で、売人のバックに暴力団がついているというのを承知しているので、顧客から情報が外部に漏れるおそれはない。施設の利用者には売上の一部を報酬として支払っている。先ほど山内が渡していた五千円だ。彼らにとっては楽な仕事で金がもらえるというだけでなく、失うものがない者ばかりだから、皆やりたがるそうだ。

今、大比良は明確に暴力団との繫《つな》がりについて話した。大きな進展だ。

「ある暴力団というのは？」

「まだ教えるわけにはいかない。実績を積んだらね」

「あのリキって人は暴力団員なんですか」

「それもいずれ、ね」

大比良は取り合わない。まずは結果を出し続けろということか。

「取引の際、トラブルが生じた場合はどうするんですか」

「購入者はこちらが把握している。トラブルになったら、今後は取引をしないだけでなく、痛い目を見るはめになる。今のところ大きな問題はないけどね」

「警察にしょっ引かれたら？」

「施設の利用者が勝手にやってるんだよ。そのためにロッカーを使うなんて面倒な方法をとってるんだから。こちらとしては知らぬ存ぜぬを通す」

先ほどは怒りを覚えたが、ハッピーライフを摘発できれば、そんな言い逃れはさせないと思い直す。そのために今は大比良の言に従うのみだ。

「施設の利用者が勝手にやっていた、というわけですね」

「そのとおり」

ほかに訊くべきことはないだろうか。ふと思い立った。

「あの……覚醒剤の売買以外にも犯罪行為をさせているんですか」

「まあね。処方薬の転売も犯罪でしょうけど、ありゃ、かわいいもの。今の仕事がうまくいけば、いずれ教えてあげる」

ほかにもあるのか。外回りと称して山内が出勤しない日があるが、その仕事をしているのだろうか。これも明らかにしたいが、覚醒剤売買の監視と売上金の管理という新たな仕事を問題なくこなす必要がある。

「さ、もう遅いよ。今日は帰りな」

大比良が帰り支度を始める。瑠美は挨拶《あいさつ》をして所長室を出て、事務室に戻った。誰もいない。時刻は午後八時半だ。

それにしても覚醒剤の密売とは……この仕事を請け合うのなら、名取に報告しないわけにはいかない。

急いで帰宅しようとして施設を出ると、「瑠美さん」と声をかけられた。

「江藤さん。どうしてここに？」

「ちょうどほかの仕事でこの近くに来たので。もう少し詳しい話を聞きたくて、待っていたんですよ。事務室の明かりがついているのが見えて、もしやと思ったんです」

清掃業者として仕事に来ている江藤は、施設の部屋の位置を把握している。そういえばここ最近、東部クリーンの担当者の中に江藤の姿を見ない。それも気になった。

「アポなしですみません。忙しければ今度にします」

「今日は予定がないから残業してたの。だから大丈夫。それより、所長が出てくるから早く離れよう」

付け眉毛《まゆげ》で変装していたとはいえ、清掃業者として出入りしている江藤と話しているところを大比良に見られるのは都合が悪い。

瑠美は江藤に「走って」と声をかけて大通りのほうへ駆けだした。江藤がついてくる。

瑠美が走りながら施設を振り返ると、所長室の明かりがふっと消えるのが見えた。

3

瑠美と江藤は大通りに出てタクシーに乗り、東向島駅の近くにあるバーに入った。

東向島で過ごし始めてから気になってはいたものの、この店に来るのは初めてだ。そろそろ名取からの定時連絡が来るが、後でかけ直そう。覚醒剤の取引現場に立ち会い、今は多少なりとも気が昂《たか》ぶっている。江藤と話して少し落ち着いてからのほうがいい。

別の駅にしようかとも考えたが、遅くなっても名取に悪いと思い東向島を選んだ。江藤は北千住《きたせんじゅ》のほうに住んでいるらしく、「東向島ならむしろ近くていいです」と快諾してくれた。

こぢんまりとした店内は、テーブル席がひとつとカウンター席が空いていた。瑠美はカウンターを選び、端に並んで座る。ジャズのリズムが心地いい。

「ちょっと飲みたい気分なんだよね」

瑠美はメニュー表をのぞき込み、マスターにオーダーする。

「ボウモア12年のストレート、ダブルで」

「ボウモアってスコッチの聖地、スコットランド・アイラ島の『女王』って言われている銘柄ですよね。エリザベス女王とも関係が深かったとか。瑠美さんが女王様なら、僕は『王』のラフロイグにしようかな。ラフロイグ10年の……同じくストレートのダブル」

ウイスキーの知識があるようで、江藤はメニュー表を見ながら蘊蓄《うんちく》を披露した。六十代くらいの白髪のマスターが江藤の言い回しを聞いて顔をほころばせる。

「少々お待ちください」

マスターは笑みを滲《にじ》ませたまま、ホールに並んでいるボトルに手を伸ばす。

「スコッチ、飲むんだ」

「お酒全般、好きですよ。この前のフレンチで飲んだワインもおいしかったなあ」

「あんまり飲み過ぎないように。人のこと言えないけど」

「瑠美さんもいける口ですよね。ワインも飲んでいたし」

「まあ、そこそこ。……本当だよ？」

「ははっ、疑ってないですよ」

二人の前にグラスが置かれた。控えめに乾杯をしてウイスキーを舐《な》める。ボウモア独特の燻《いぶ》したような香りが鼻を通った後、上品で控えめな甘い味が喉《のど》をすり抜けていく。美味《うま》い。

「食べ物はどうしますか」

「ピザがおいしそう。アンチョビがいいな」

江藤がピザを注文する。

頃合《ころあ》いを見計らって瑠美は切りだした。

「すごい情報を入手できたよ」

「へえ、何ですか」

瑠美は声を落とし、ハッピーライフの利用者を使った違法薬物の売買が行われていると伝えた。薬物の具体名はまだ伏せておいた。ますます乗り気になると思われた江藤だったが、グラスを持ったまま押し黙る。

「どうしたの？」

「そんなやばい事実を知っちゃって大丈夫ですか」

江藤が心配そうに訊《たず》ねた。意外にもこちらの身を案じてくれているようだ。

「警察に知り合いがいるから。問題ないよ」

「警察なんて信頼できるんですか」

「なんて？　信頼できるから問題ないって言ってるの」

名取を貶《けな》されたような気がして、瑠美は思わずきつい口調で言い返す。

「かなり信頼しているんですね。その警察の人とは、親しい間柄なんですか」

「まあ、ね……」

記者だから相手の感情の変化に惑わされないのか、それとも生来の鈍感なのか、江藤は気にしないふうに会話を続けた。瑠美はやや拍子抜けして、唇を尖《とが》らせる。

バッグの中にあるスマホが振動を始めた。名取からの定時連絡か。しばらく振動音を聞いていると、端末はおとなしくなった。

「ピザが来ましたよ。冷めないうちにどうぞ」

江藤はスマホの着信には気づかなかったのか、瑠美にピザを勧める。一切れつまみ、口に運んだ。アンチョビとチーズがじつによく合う。お酒が進みそうだ。二杯目を頼むと、すぐに次のグラスが来た。

「親しいかって言われると、どうなんだろうね」

「ん？」

「警察の話。業務上の繋がりっていうか、ビジネスライクっていうか、そういう関係？でも、そこまで冷めてないかな。よくわからないな」

瑠美はグラスを手で包んだままつぶやいた。定時連絡が取れなくてスマホの先で焦《じ》れている名取の顔が思い浮かぶ。

「酔ってますか？」

「この程度で酔うとでも?」

「冗談ですよ。警察の話はわかりました。いざとなれば僕も駆けつけますからね。遠慮なく呼んでください」

江藤が人懐っこい笑顔を作り、拳《こぶし》で自分の胸を叩《たた》いた。いかにも頼りなさそうだ。

「はいはい、ありがとう。警察の次に助けを求めるよ。そうだ、ハッピーライフの件を記事にするのはまだ待って。ほかにもいろいろと明らかにしないといけないから」

大比良は覚醒剤の密売以外の犯罪行為もさせていると匂《にお》わせていた。それが何なのか知っておきたい。

「いつゴーサインが出てもいいように、素案は練っておきますけど」

「そのくらいならご自由に。そういえばここ最近、ハッピーライフに来ていないようだけど?」

「瑠美さんに依頼をした後、ほかの仕事がかなり忙しくなっちゃって。申し訳ないとは思っていますが」

「仕事があるのは何よりだよ。フリーだと大変でしょう?」

「そうなんですよ。好きで選んだ仕事だから、贅沢《ぜいたく》は言っていられませんけどね」

「それがわかっていれば、よろしい」

その後はしばらくとりとめのない会話をして店を出た。今日も割り勘だ。

「私はタクシーで帰るから」

東向島駅まで歩いてそう告げると、江藤は「僕は電車で」と改札を通っていった。タクシーというのはもちろん嘘《うそ》で、この辺りに住んでいると知られるのは何かとよろしくないと思ったからだ。そこまで江藤を疑っているわけではないけれど、いつもと違うルートを歩いて帰宅した。

「名取さん、電話に出られなくてごめん。でも、いい情報を手に入れた」

マンションの部屋に入るや名取にかけ直し、ハッピーライフの利用者を使った覚醒剤密売の件を報告した。

『何だと。生活保護者を売人に仕立て上げるとは……。場所は？』

「今日は六本木だったけど、いろんなところでやってるみたい。ブツと売上金は錦糸町周辺のロッカーを使ってやり取りする」

『こちらでロッカー付近の防犯カメラを当たらせる。五課と厚労省の「マトリ」にも情報共有をしたい。もう少し全体像を明らかにする必要があるな。密売に手を貸してくれ』

五課というのは名取が所属する組織犯罪対策部にある課で、銃器と薬物に対する捜査を担当している。「マトリ」は厚生労働省麻薬取締部を指し、薬物捜査を専門とする部署だ。

「私も実際に密売の方法を把握したかったから、望むところ」

『紹介制ならどこかに購入者のデータがあるはずだ。あのアクセスできないフォルダの中かもしれない。そのデータがあれば、密売を主導する大比良たちや購入者たちを逮捕できる。そのために一時的に手を貸すのはやむをえまい。いつもどおり情報提供の見返りに、ルーシーの違法行為は不問にする』

今回のように、調査のためにやむなく犯罪行為をしなければならない時がある。いわゆる司法取引の一種で、瑠美は重要な情報提供や捜査協力をする代わりに刑を免除されていた。通常の司法取引は、被告人または被疑者が検察官と取引をするが、特例により名取と五課に権限が委譲されている。名取と初めて会ったのは瑠美がタレ込み現場で逮捕された時だったが、協力者契約を受けると答えた際、この措置が適用されて釈放された。

おとり捜査ではしばしばその違法性が議論になる。基本的に、犯行の意思を固めている者に対して犯罪の機会を提供するのみである場合は適法とされている。逆に犯罪行為をしようとしていない者を唆《そそのか》して犯罪を行わせるのは違法となる。

ハッピーライフでの事案はすでに実行されている犯罪行為に加わるため、問題ないとみていい。瑠美が提案した処方薬の転売は微妙なラインだが、実際に売買はしていないからこちらも問題はないはずだ。だからこそ、山内が売買を成立させる前に解決したいと考えている。

また、通常の協力者がここまで踏み込んで捜査に協力することは稀《まれ》だが、瑠美の立場はやや曖昧《あいまい》だ。役割としては潜入捜査、おとり捜査に近いものの、瑠美はあくまで一般人だ。

いざという時に頼りになるのは名取しかいない。警察官ではないから、警察組織は守ってくれないものだと瑠美は思っている。切り捨てやすい駒《こま》――それが彼らの身内である潜入捜査官との違いだ。だからこそ身の危険を感じたらすぐに撤退しろと名取は常々言っているのだろう。

「ほかにも犯罪行為をしているって匂わせていた」

『そうなのか。可能ならそれも探ってくれ』

「そのぶん、報酬を上乗せしてね」

『それは結果を見てからだな。あと、職員の調査結果が出た。一週間以上かかってしまって申し訳ないが、九鬼の分もある』

「人手不足なのにありがとう。どんな感じ？」

『まず山内だが――』

山内修平、三十一歳。埼玉県川越《かわごえ》市の地元工業高校を卒業後、さいたま市内の建設会社に勤務。二十四歳の時に勤務先の金を盗み、かつ施工主への水増し請求が発覚し、埼玉県警に逮捕された。初犯かつ少額だったため、二年の執行猶予がついた。解雇後、都内に転居していくつかのアルバイトを経て、二年前からハッピーライフに従事。契約社員として雇用されたが、現在は正社員になっている。暴力団と直接の繋がりはないが、若い頃は素行の悪い友人たちとつるみ、数々の問題を起こしていたようだ。犯罪に対する抵抗は普通の人より少ないと思われるという報告だった。

どこか冷たい感じがしたり、いきなり手首をつかんだりしたのは、山内にそうした素地があったからだろう。

「どうりでいろいろ任せているわけだね。所長も山内さんの過去を知っていると」

『ある意味、適性を見て採用したのだろう。次に九鬼だが』

九鬼操、三十二歳。茨城県土浦《つちうら》市の高校を卒業後、都内の私大に進学。大手住宅メーカーの営業職で五年勤務した後、教育系出版社の事務職を二年務め、三年前からハッピーライフで働いている。彼女は職務経歴が豊富なため、当初より正社員雇用だ。

『前科はなく、悪い噂《うわさ》もない』

「特に問題はなさそうだね」

瑠美は胸をなで下ろしたが、疑惑が完全に解消されたわけではない。

「山内さんが、九鬼さんはほかに何をやっているのかよくわからないと言っていたのが気になるんだよね」

『山内は犯罪に関《かか》わる仕事の比重が多いから、九鬼が本来行っているハッピーライフでの細かい仕事内容まで把握していないんじゃないか』

「そうねえ……」

どうも引っかかるが、経歴上は問題ない。となると、普段の行動に不審な点がないか、瑠美自身が見極める必要がある。

『気になるのか』

「なんとなくね。たぶん彼女は無関係なんだろうけど、一応注意して見ておく」

『ルーシーの気の済むようにやってくれればいい。ところで、あの事件の男の存在は？』

あの事件の男というのは、妹の彩矢香を殺したあいつのことだ。

「全然ない。年齢的に近そうなのは大比良所長だけど、顔と声がまったく違うね。もっとも、十五年前の記憶だけど」

『大比良の素性は俺たちの調べもついているからな』

「今回もハズレだろうね。十年以上やってるんだし、そっちは気長にやるよ」

『そうか。わかっていると思うが、身の危険を感じたら即時撤退しろ』

「わかってるけど、了解」

お決まりの念押しをして、名取は電話を切った。

名取には隠しているが、身の危険くらいならいつも感じている。この仕事を始めた当初はかなり慎重になっていた。それでは済まない時があるというのを、やがて学んだ。あの男を見つけ出すには多少なりともリスクは取らなければならない。それまでは死にたくないから、本当に危険となればさっさと逃げ出してはいるけれど。

瑠美はカーテンをめくって夜空を見た。

施設の利用者による犯罪行為が明らかになり、事態は大きく進展した。まずは彼らの仕事を見届け、売上金を回収する。ただそれだけ。きっと大丈夫だ。

海辺に佇《たたず》むリキの顔を思い出した。竜新会若衆の実力者。相手に不足なしだ。

星のない闇夜《やみよ》に向かって、瑠美は挑むような笑みを浮かべた。

第五章　罪

1

　翌朝、瑠美は大比良に呼ばれ、覚醒剤《かくせいざい》の売人をしている利用者たちから個別に話を聞くよう指示を受けた。重要な仕事だからコミュニケーションを深めておくようにとのことだ。

　対象は大比良が選抜した六名で、入居して二ヶ月ほど様子を見て、信頼できそうな者に声をかけているそうだ。処方薬の売買の件でやり取りした津島も選ばれていた。彼らには瑠美が話を聞くというのは伝えてある。午後二時から共用室を貸し切りにしたので、彼らが順番に来室してくれるという。表向きの理由は、施設の利用者へのアンケートだ。

　午後二時を迎えて共用室の奥のテーブルで待っていると、津島が顔を出した。

「津島さん。どうぞ」

「姉ちゃん、えらい出世だな」

津島が軽い調子で瑠美の前に座る。

「出世……かどうかはわかりませんが、今日はよろしくお願いします」

「仕事の内容は聞いてるんだろ？」

「先日、取引の現場を拝見しました」

「なら俺《おれ》が説明するには及ばねえな。よくないってのはわかってるんだけどさあ。いい金になるから、やってるんだよね」

津島は悪びれもしない顔をして、背中をぼりぼりと掻《か》いている。

「一回五千円ですよね」

「充分だよ。袋を渡して代金を受け取る。楽勝だ。あとから交通費だってくれる。俺らみたいなので、やらねえやつはいねえだろ。こないだの医薬品の報酬はたまげたけど、こっちの仕事のほうが楽だな。袋と金のやり取りだけだし」

「私は取引を見守る役なので、津島さんたちが具体的に何をしているか教えてくれますか」

「構わんよ」

津島が話した密売の流れは、まず大比良の息のかかった施設の職員――山内からロッカーと取引を行う場所の指示があり、ロッカーからブツを回収して現場に行く。移動は主に公共交通機関を使う。先日、山内と一緒に行った六本木がそうだ。今さらながら、山内は完全に向こう側の人間だと思い知る。

さらに津島は話を続けた。

新規購入者や常連の購入者たちは事前に売人の特徴を聞かされている。彼らが道を訊《き》くような感じで声をかけてくるので、素早く取引を成立させる。その間、おそらく十から二十秒だ。一袋の値段が決まっており、釣りには対応していないから短時間で済むらしい。

昨夜、山内は一袋二グラムと言っていた。

「ハーフサイズもあるんですよね」

「一応な。初心者や金のないやつはハーフにするが、だいたいのやつが通常サイズを一袋以上買っていくね。依存性が強いからな」

やはり津島はいろいろと理解したうえで取引に加わっているようだ。身を窶《やつ》す前はどんな人生を送ってきたのだろう。機転が利くようだし、理解力もある。それなりの立場にいたのかもしれないが、こうした場所で暮らす者に過去を聞くのはタブーな気がしてやめておいた。

「どうだ?　簡単でいい仕事だろう」

津島があっけらかんと言って破顔する。

「取引の際に気をつけている点はありますか」

「やっぱ警察だな。でも、職質を受けた経験はないよ。俺の姿を見りゃ、どんなやつかすぐにわかるからな。歩く時は下ばっかり見ているし。食いもんとか、金とか、落ちてねえかなあっていうふうによ」

ホームレス然とした格好と仕草が先入観を与え、売人という真の姿を隠す仮面になっているのか。

「失礼ですけど、津島さんの姿を見て、脅してブツを奪うような者はいないんですか」

「俺の背後には怖いヤーさんがいるって聞かされているようだ。だから脅されたり、金額をごまかされたりといったトラブルはないね」

津島は暴力団と繋《つな》がりがあるという認識もあるようだ。大きな問題はないというのは大比良も言っていた。

「その暴力団の人とはお会いに？」

「一度もないな。どこの組なのかすら知らねえ。ただ山内さんの口ぶりだと、相当あぶねえやつらという印象は受けたな」

竜新会のリキ――。葛西臨海公園の海辺で話した、彼の顔が思い浮かんだ。

「津島さんは怖くないんですか」

「ないね。失うものなんてねえしな」

津島は両腕を上げ、声を立てて笑った。

「この仕事をしていて嫌になったり、警察に通報しようと思ったりしませんでしたか」

「ないない。嫌になんてならないし、通報なんてしたら俺だってお縄だろ。留置場や刑務所は老体には応《こた》えるからな。失うものはないけど、体がきついのはごめんだ。姉ちゃんだってもう俺たちの仲間なんだから、よろしく頼むよ」

津島が腕を伸ばしてきて、瑠美の手の甲をぽんと叩《たた》いた。一瞬身構えたが、津島はすぐに手を引っ込め、「おっと。こりゃ、セクハラだな」と笑い飛ばした。このじじい、と思ったが「ぎりぎりアウトですね」と笑みを意識して答えた。

「アウトか。黙っててくれよな」

津島が楽しそうに目を細める。彼の過去を知りたいという瑠美の思いは、すぐさま吹き飛んだ。

「わかりました。ありがとうございました」

瑠美は津島に淡々と礼を述べ、次の利用者と話をした。

彼らの年齢は五十代から七十代とまちまちだったが、誰《だれ》もが人生に諦《あきら》めをつけている様子だった。身なりに無頓着《むとんちゃく》で、着ている服も傷みが激しい。皆、津島と同じく雑巾《ぞうきん》のような臭《にお》いを発していた。施設には浴室やコインランドリーがあるが、石けんやシャンプーなどは用意されておらず、洗濯機を回すのに使用料がいる。所持金がほとんどない彼らは、たまにしか利用していないようだった。

一見してホームレスに見える彼らが覚醒剤の売人とは、街ゆく人や警官たちは思ってもみないに違いない。

ほかに話を聞いた五名も、津島の説明とほぼ同じだった。違うのは皆の人柄だ。津島のような調子のいい者もいれば、人生に疲れ切っているような表情を崩さない者、今の境遇を悟っているようなクールな者などさまざまだった。

彼らは人生をやり直すために入ったであろう施設で、犯罪にどっぷりと嵌《は》まり込み、抜け出せなくなっているのではないだろうか。厄介なのは、彼らはこれでも構わないと思っている点だ。そんな彼らを利用することに後ろめたさを感じたが、全容を解明するためには実際に密売を成功させなければならない。

「顧客リストがあれば見せていただきたいのですが」

全員から話を聞き終えた瑠美は大比良に要望した。

「どうして？」

大比良が所長席から瑠美を見上げる。

「現場に本当の顧客が来るとは限りません。警察が泳がせ捜査をしている可能性は捨てきれませんよね。購入者の身元の把握は重要ですから、私も顧客を知っておきたいんです」

「それはまあ……言いたいことはわかるけど。でも、リストは見せられない。まずは仕事をこなして」

見せられないというのなら、リストは存在するのか。やはりあのフォルダの中にデータがありそうだ。

翌日の夕方、今夜売買があるというので、大比良からブツを受け取った。取引があるというのは当日の夕方に知らされるようだ。情報漏れを危惧《きぐ》しているのだろう。仕事が終わってそのまま取引に入れば時間的な余裕はなく、情報漏洩《ろうえい》を極力抑えられるからだ。

その足で錦糸町駅の南側にあるコインロッカーにブツを入れ、今日の売人役の利用者に鍵《かぎ》を渡した。瑠美の動きを警戒しているだろうから、念のため名取への連絡は自重した。

午後七時頃《ごろ》に一人で現場に向かった。山内と九鬼は帰宅していたので、事務室の鍵を掛けてから出発した。施設を出ると小雨が降り始めている。折りたたみ傘をさし、足早に駅へ向かった。

現場は渋谷《しぶや》の道玄坂《どうげんざか》近く。移動中は名取に連絡できそうだったが、スマホには手をつけなかった。自分も監視されているつもりで、慎重に行動すべきだ。錦糸町から渋谷まで、地下鉄半蔵門線で一本。三十分近くの間、ほとんど変化のない風景を見続けた。

現場では先日と同じ光景が繰り広げられた。小雨の中、施設の利用者と顧客はほとんどすれ違うだけといったほどで、あっという間に取引を完了させる。互いに傘をさしていたが、慣れているのか二人とも不自然さを感じさせない動きだった。

取引を見届けると、再び半蔵門線に乗った。施設に帰り、利用者に報酬として五千円を払ってロッカーの鍵を受け取った。売上金を回収した後、所長室の隣の物置部屋に入る。教えてもらったダイヤル番号を回して金庫を開け、売上金を収めた。

所長室は暗くなっていた。事務室には誰もいない。雨脚が強くなってきたようで、雨音がよく聞こえる。

瑠美は大きく息をついた。何者かに監視されていたかどうかはわからない。いや、施設を出るまでは気を抜けない。普段通りの振る舞いを崩さず、瑠美は戸締まりを済ませて施設をあとにした。

東向島のマンションに帰ると、ちょうど午後九時になるところだった。名取からの着信が入る。

「今日、覚醒剤の取引を見てきたよ」

濡《ぬ》れたスーツの肩をハンカチで拭《ふ》きながら、覚醒剤密売の件を伝えた。

『どんな具合だ?』

「簡単だった」

『場所は?』

「道玄坂。取引がある時は当日夕方に知らされる。だから不用意に連絡できないと思って」

『それでいい。現場はまだ泳がせておく段階だ。複数のロッカー付近の防犯カメラに、山内と施設の利用者が映っていた。今後、証拠に使えるだろう。フォルダのアクセス権は？』

「実績を積まないとくれないみたい。でも所長の口ぶりだと、リストは確実に存在する」

『引き続き頼む』

名取は多くを語らずに通話を切った。任務が重要な局面に差しかかると、あえてドライな姿勢をとる。気づかいや優しさはかえって不安を煽《あお》るのだと、名取にはそう考えている節があった。瑠美もそれで構わないと思っているが、

「たまには違っててもいいのに」

スマホにつぶやいて吐息を落とした。

正直、扱っているのが覚醒剤ということ以外は簡単な仕事だ。これまでの潜入調査でも薬物の取引現場には幾度となく立ち会っている。その多くは暴力団員や半グレといった、悪の世界で跋扈《ばっこ》している者たちが売人だった。今回は違う。貧困に窮している生活保護者たちの犯罪行為に自らも加担しているという事実に、いつもとは異なる心の負担がある。

そう考えると息が苦しくなってきた。大丈夫だと思っていたのに。

目を閉じてしばらく深呼吸を繰り返す。恐怖とは違う、罪悪感に似た感情が心の周囲を覆い始めている。きっとこの感情は消えない。任務を完遂させ、施設の利用者による犯罪がなくなるまでは。そのためにやるんだと気を取り直し、さらに買い増ししたウイスキーのボトルを手に取った。

仕事がきつくなってくると酒量が増える。飲み過ぎてはいけないと自覚はしていたが、雨が街を叩く音を聞きながらグラスを傾けていると、いつしかボトルが半分空いていた——。

2

瑠美はその後、この仕事を二週間のうちに五回こなした。

三日に一度はオーダーが入った。フォルダ権限はまだ与えられていない。しつこいと怪しまれるし、最初に話をして以来、顧客リストの件には触れていなかった。

処方薬の転売は徐々に薬が集まりつつあった。五人が同時期に受診をするのではなく、各人で間隔をあけたほうがいいという大比良の判断で、少しずつ入手していく方針となった。また、こまめに取引をするより、まとめて売ったほうがいいということで、今のところ売買は行われていない。このまましばらく動きがないようにと瑠美は祈った。

さらに数日が過ぎ、取引を終えて金庫に金を仕舞うと、大比良に声をかけられた。

「三週間ほど見てきたけど、よくこなしているじゃない。妙なそぶりもなかったようだし」

所長室のいつもの席で、大比良がにやりとする。やはり仕事ぶりを監視されていたようだ。山内ではないはず。となると、九鬼……？　いや、顔を見知っている者では監視に気づかれるおそれがある。竜新会の手の者だろうか。監視されているのは予想していたので、特段驚きはしなかった。

所長室のドアが突然開いた。ノックもせずにと思って振り返ると、そこに立っている者を見て今度は心底から驚いた。

リキだ――。

「久しぶりだな」

リキは所長室に入ってきて、瑠美の正面のソファに座る。相変わらず仕立てのいいスーツを着ている。先日とは違って、やや青みの強い生地だ。

「所長から、よくやっていると聞いている」

「ありがとうございます」

瑠美はリキの目を見て応じた。今日はリキの表情がよくわかるが、夜の海辺で見た時と印象は変わらなかった。相当な実力者――。彼からの信頼を勝ち取れば、より多くの情報が手に入るだろう。

「顧客リストを見たいそうだな。見てどうする」

「所長には言いましたけど、警察の泳がせ捜査を危惧しています。そのために顧客を把握しておく必要があります」

大比良がいるから敬語を使った。リキはそれに対して何も触れずに訊《き》いた。

「この三週間、それらしい者はいたのか」

「たった三週間じゃ、まだまだです。でも今後、新規の顧客も来るでしょうし、急に現れなくなった常連客が出てくるかもしれない。そういう者はより警戒すべきです」

「なるほど。ところで所長、あっちの仕事は？　若い女だし、安心させやすそうだ」

リキが大比良のほうを見ずに訊《たず》ねる。

「任せて問題ないと思いますよ」

「その仕事に成功したら、リストへのアクセス権限を与えるというのはどうだ？」

リキが条件を出した。これが先日、大比良が匂《にお》わせていた仕事なのだろうか。

「それはいい。そうしましょう」

「所長、あとは任せたぞ」

リキは立ち上がり、瑠美に「成り上がりたいなら、頑張れよ」と言い残してドアの向こうに消えた。大比良の尾行をしている捜査員は、リキの来訪に気づいただろうか。リキのことだ。気づかれない方法でここに来たのに違いないが、後で名取に確認してみよう。それよりも今は仕事の内容だ。

「どのような仕事ですか」

瑠美が訊ねると、大比良ははっきりと言った。

「受け子だよ。特殊詐欺の」

特殊詐欺、いわゆるオレオレ詐欺だ。受け子は金の受け取り役を指す。

「本当ですか」

聞き返す瑠美に、大比良はこれまで以上の悪い笑みを浮かべた。

「八十五十問題ってあるでしょ。八十の親が、引きこもっている五十の子どもの面倒を見るってやつ。私たちは施設の利用者に五十の息子役を演じさせ、八十の親を騙《だま》すの。八十五十作戦ってところだね。大の男が仕事でしくじったとなれば、事は重大。首を切られたら、お先真っ暗だからね」

大比良たちの企《たくら》みに、瑠美は心の底から怒りが湧《わ》いてきた。だが、これを成功させればリストへのアクセス権限が与えられる。耐えるしかないが、そもそもうまくいくのだろうか。

「ここの利用者の演技で騙せるんですか」

疑問を呈する瑠美に、大比良は「もちろん」と応じて続ける。

「ここの利用者だからこそ、騙せるの。あいつら、底辺を味わってるんだ。ここに至るまでの苦難、危機、悲哀、惨状……それらを経験しているからこそ迫真の演技ができる。この前なんて、当時を思い出したのか、悔しい、悔しいって泣いて金を要求しているやつもいたくらい。当然コロッと騙せたよ。電話一本で六百万。ボロいでしょ。あの世代は金をたんまり貯め込んでるんだから」

大比良は両手を組み合わせて笑いながら答えた。

「オレオレ詐欺の手法はよく知られてきていますよね。警戒されませんか？」

「息子を演じるだけじゃない。警官や銀行員、役所の職員を偽るパターンもある。キャッシュカードが不正利用されたから交換する必要があると騙《かた》って、暗証番号を聞いてから偽物のカードとすり替える。この方法は恐怖心を煽るから信じる人が多いね。その日によってパターンは分けているよ」

「彼らの報酬は？」

「五万」

大比良が掌《てのひら》を広げ、瑠美のほうに突き出す。津島は一万円で興奮していたし、五千円でも充分な金額だと満足していた。五万円は相当な大金だ。しかしそのリスクに見合う額とも思えなかった。

「受け子役の伊藤ちゃんにも特別ボーナスを出すよ。二十万でどう？」

「問題ありません」

二十万円が妥当かどうかもわからないが、とりあえず応じてから訊ねた。

「あの……念のために確認ですけど、受け子役というのは電話をかけた本人ではなく、会社の部下や役所の職員に成りすまし、お金を受け取りにいく役ですよね」

大比良は「ご名答」と満足そうに何度も頷《うなず》いた。リキが「若い女だし、安心させやすい」と言っていたのは、そういう意味だったようだ。

受け子なんてできるだろうか。いや、お金を受け取るくらいならできる。相手の顔を見た瞬間、良心の呵責《かしやく》に耐えられるのかが心配だ。しかし、やるしかない。

「山内さんも受け子役を？」

「やってるよ。たまに直行直帰の日があるだろう？」

やはり外回りの日に別の仕事をしていた。ただそれが特殊詐欺の受け子とは考えもしなかった。

「それなりに爽《さわ》やかな風貌《ふうぼう》だし、あれはあれでうまくやってくれてるんだよ」

「九鬼さんはこっちの仕事について知っているんですか」

「どうだろうねえ。少なくともノータッチなのは間違いないね」

大比良が曖昧《あいまい》な答えを返す。九鬼は薄々勘づいてはいるが、見て見ぬ振りをしているのだろうか。それに先日から、九鬼について訊いた時の大比良がよそよそしく見える。二人の間に何かあるのかもしれないが、今ここで訊くのは憚《はばか》られた。

「わかりました。次の予定は？」

「当日の朝にならないと教えられない。直前に連絡するから、そしたら現場に直行して」

大比良の説明によると、都内に専用の部屋を借りて、そこから電話をかけるという。足がつかないように部屋は毎回変えているそうだ。

「この仕事も、人選は所長が？」

「そうだよ。四人用意してあるけど、現場に来るのは二人だね。電話をかける相手のリストは、ほかの者が現場に持って来る」

「ほかの者？」

「監督役だよ。彼の指示に従ってくれれば大丈夫だから」

大比良は「このくらいにしましょう」とぽんと手を叩き、今日はこれで帰された。

帰路、瑠美の足取りは重かった。覚醒剤の密売だけでなく、特殊詐欺までやらせていたとは。想像以上に酷《ひど》いことばかりだ。

東向島のマンションに帰り、腕時計を見る。午後八時過ぎ。

シャワーを浴びてラフな格好に着替えてから、ウイスキーのボトルに手を伸ばした。床に座り、ベッドのマットレスにもたれてグラスを呷《あお》る。すぐに飲み干し、二杯、三杯と杯を重ねていく。

午後九時。五杯目の途中でスマホの着信が入った。名取からだ。

「名取さん？　新しい仕事をもらったよ」

『何をするんだ？』

「その前に……今夜ハッピーライフにリキが来たんだけど、捜査員から報告はあった？」

『あった』

意外だった。

「そうなの？　堂々としていたから、捜査員に気づかれないように来たのかと思ったんだけど」

『正面玄関から出入りしたそうだ』

「どうしてそんな」

『わからんが、ただ来ただけでは繋がりが深いとは証明できないからな。証拠がなければ問題ないと開き直っているのかもしれない」

「そうねえ……」

どこか腑《ふ》に落ちないが、捜査員がリキの来訪を把握していたのなら、それはそれでいい。

『新しい仕事の内容は？』

「特殊詐欺の受け子」

『何……』

名取も予想外だったのか、息を呑《の》むように言葉を切る。

「施設の利用者が電話をかける役。私がお金を受け取りにいく役。それとは別に監督役がいる。実行する日と現場は当日朝に知らされる」

瑠美は大比良から聞いた説明をそのまま名取に伝えた。

『内容はわかったが……』

「あと覚醒剤の密売時に、私を監視している人がいる。おそらく竜新会の者だと思う。だからやっぱり、密売や特殊詐欺の現場は教えられない」

『承知した。怪しまれる行動は慎んだほうがいい。だが今度の仕事は……やるのか？』

「やらなきゃリストは手に入らない。それに覚醒剤の情報だけじゃなくて、特殊詐欺の情報も得られるはず。竜新会との繋がりが、よりクリアになる」

名取はしばらくの沈黙の後、言った。

『権限を与えられたら速やかにデータを入手しろ。仕事はそこまでだ。あとはこちらがやる』

つまり、やれということだ。もしかしたらストップが掛けられるかもしれないと思った。いや、掛けて欲しかったのかもしれない。

母子二人の生活になって、お金には本当に泣かされた。お金の大切さは身に沁《し》みている。あの世代は貯め込んでいるといっても、それは自身の最終盤の人生を豊かにするものだったり、子や孫たちのために使おうとしていたり、さまざまなはずだ。

それを奪うなんてできない。

そう叫びたかったが、データが手に入るまであと少し。彼らを逮捕できれば、今後彼らの手によって被害に遭《あ》う人はいなくなる。名取はそれを優先したのだろう。

瑠美が腹を括《くく》った時だった。

『しかし、苦しいならここでやめてもいい』

心から案じるような名取の声だった。

その瞬間、瑠美の目元に熱が生じる。でも、もう遅い。

「やめるわけないでしょ。ここまで来たんだから。あと少しなんだから」

声、震えてなかったかなと、酔いの回り始めた頭の中でそんなふうに思った。

『被害者から奪った金は必ず返させる。頼んだぞ』

名取は力強く応じた。この声色で話す名取が約束を破ったことはない。任務が完了すれば少なくともお金は返される。瑠美の罪悪感も多少は薄れるはずだ。名取はそう考えて言ってくれたのだ。

「任せて」

瑠美は薄く笑みを浮かべて答えると、通話を終えた。目端が濡れている気がしたが、拭《ぬぐ》わずにそのままにしようと思った。

その代わり、テーブルに置いたウイスキーのグラスにそっと手を伸ばした。

第六章　泥沼

1

三日後、朝八時半頃《ごろ》に大比良から電話がかかってきた。瑠美がちょうど東向島駅のホームで電車を待っている折だった。

『今日、お願い』

出勤中だった瑠美は少々驚いたが、直前とはこういうことかと納得する。

「わかりました。どちらへ行けば？」

『今から住所を読み上げる。メモはしないで』

大比良が東京都武蔵野《むさしの》市内の住所と部屋番号を告げた。すぐに記憶して、頭の中で復唱する。

『覚えた？』

問題ない。

瑠美は教えられた住所を大比良に伝えた。

『ばっちり。記憶力いいんだね』

「よく言われます」

証拠を残さないためには頭の中にメモをとるしかない。暗記は任務で慣れている。

『格好はいつもと同じだよね？』

「はい、今日はグレーのスーツです」

『いいね。九時半までに行って。仕事が終わったら、直帰でいいよ』

住所はＪＲ中央線の武蔵境《むさしさかい》駅の近くだ。ここから一時間弱はかかる。すぐに向かわないと間に合わない。東向島でやってきた電車に乗り、錦糸町駅でＪＲ総武線のホームに上る。階段の途中で発車のアナウンスが聞こえた。一気に駆け上がって閉まる直前のドアをすり抜けて乗車した。今ので監視は振り切ったかもしれない。車内も混んでいるし、少しだけなら気づかれないだろうが、用心してスマホは手に取らなかった。

階段を走ったせいと車内の熱気で、額から汗が一筋流れてきた。ハンカチを軽く押さえて汗を吸い取る。そうか、暑いなと思ったら今日から六月だ。ハッピーライフに潜入してからもうすぐ二ヶ月が経《た》つ。季節は春から初夏に移っている。決して長くはないが、短くもない。せめて今月中に任務を終えられるといいのだが、すべてはこれから行う仕事にかかっている。

め続けた。

瑠美は空いているつり革に手を伸ばし、人と人の間を流れていく東京の街並みをただ眺め続けた。


武蔵境駅の北口から歩いて五分ほど、五階建てマンションの四〇一号室が指定された部屋だった。駅からマンションに辿《たど》り着くまではスマホの地図アプリを使った。通話をしたり、メッセージを打ち込んだりする動きをしなければ問題ないだろう。

瑠美は部屋のドアの前で腕時計を見た。九時二十六分だ。間に合った。ドアホンを押すと、「どなた」と男性の声が応答した。

「ハッピーライフの伊藤です」

中から施錠の解かれる音がして、ドアが開いた。見覚えのある男性が顔を出す。ハッピーライフの利用者だ。年齢は五十五くらいだったか。

室内には、ほかに二人がいた。ワンルームの真ん中に安っぽいテーブルが設置してあり、五十歳前後の男性が椅子《いす》に座っている。彼もハッピーライフの利用者だ。二人は覚醒剤《かくせいざい》密売の担当ではない。仕事を分担しているようだ。ドアを開けてくれた利用者が、もう一人の利用者の前に向かい合って着席した。

窓際の椅子で、三十代半ばほどの目つきの悪い男が脚を組んでいた。黒っぽいスーツにオールバック、強面《こわもて》で明らかにスジ者だ。彼が監督役だろう。

「よう。今日はよろしく。そこがあんたの席」

目つきの悪い男が、空いている折りたたみ椅子を手で示した。瑠美は小さく頭を下げて腰を下ろす。テーブルには分厚い紙束が置かれている。

「あの書類に電話をかける相手が載ってんだ。息子の名前や家族構成、会社なんかの調べもついている」

目つきの悪い男が指を差して続けた。

「名前、何ていうんだ？」

「伊藤です」

「伊藤……何ちゃん？」

名前は大比良から伝えられているはずだ。確認のため、あえて訊《き》いているのだろうか。

「瑠美です」

「伊藤瑠美ちゃんね」

訊いてきたくせに男は名乗らず、座ったままスラックスの両ポケットに手を突っ込んで足を伸ばした。

「緊張してる？　今日は王道のオレオレ詐欺パターンだ。リラックスしてこいつらの演技を見物してろよ」

とてもリラックスなどできない雰囲気だったが、瑠美は作り笑いを返しておいた。

「よし、始めろ」

男が二人に命じた。施設の利用者たちは与えられたスマホを使い、書類を見ながら電話をかけ始めた。

「俺《おれ》、英二《えいじ》だけど。ちょっと困った事態になって。声が全然違う？　風邪《かぜ》を引いて……」

男性が急に咳《せ》き込むが、相手は切ってしまったようだ。

「失敗しました。申し訳ありません」

男性が怯《おび》えたような目で監督役の男に謝罪する。

「気にするな。次だ、次」

その後も二人で何件か電話をかけたが、なかなかうまくいかない。

「それなりに長期戦だからよ。そうそう、瑠美ちゃんの仕事を教えてやらねえとな。こいつらが予約を取ったら――俺たちゃ『予約』って呼んでるんだが、そしたら俺の車で現場の近くまで向かう。車はスモークガラスでナンバーを偽装しているから、まあ安心だ。で、現場を訪問し、息子の代理で来たと相手に告げる。代理が行くってのは電話で話してあるから、すぐに通じるはずだ。金を受け取り、その場を去る。去る時は走らず、ゆっくり、だが急いで車に戻る。それで仕事は終わりだ。できるか？」

「余裕かな」

瑠美が応じると、男は「頼もしいね」と両手をポケットから引き抜いて派手に叩《たた》いた。

やること自体はたいした仕事ではない。相手の顔を見なければいい。被害者を減らす。それだけを心に秘めて臨む。

「ありがとう。助かるよ。代理で部下を行かせるから、一時間後に」

利用者の男性の声がした。予約が取れたらしい。彼はほっとした顔をしている。

相手は八十二歳の女性。息子は五十一歳で、一部上場企業の課長職だ。振り込みのミスで金の行方が知れず、取り急ぎ立て替えなければならない。妻には相談できないし、親に頼るしかなかった。ミスがばれたら首になるかもしれないから、一時的に貸して欲しいと泣きついた。金額は五百万だ。銀行で行員に利用目的を問われたら、リフォームに使うとか答えれば下ろせるはずだと説明すると、これから彼女は銀行に行ってくるという。現場は国分寺《こくぶんじ》市内の一戸建て住宅で、一時間あれば行ける場所だ。

「ようし、出陣だ」

男が腰を上げた。瑠美も椅子から立ち上がる。

「頼んだよ」

電話をかけていた男性が、拝むように手を合わせて瑠美の顔を見つめた。瑠美は目だけで彼に応じ、男を追って部屋を出た。

マンションの駐車場に駐《と》めてあった白いフィットに乗り込んだ。ありふれていて目立たない車を選んでいるらしい。男の運転で国分寺へと向かう。

男のなりから荒々しい運転をするのかと思っていたが、案外にも法定速度より少し速い程度で走っていく。前を行く車との車間距離をとり、赤信号に切り替わる際も早めに停《と》まる。

「もう少しスピード出せって思ってる？」

「いえ、そんなふうには」

「事故ったら計画がパーだからな。この仕事をしている時はいつも安全運転よ。この前なんて、ほかのやつがさあ――」

瑠美の緊張をほぐそうとしてくれているのか、男は多弁な調子で運転を続けた。なかなか気をつかっているようだが、しくじれば彼の立場も危うくなる。瑠美の失敗はこの男の失敗でもあるのだ。

車は四十分ほどで国分寺市に入り、住宅街を縫うように走っていく。目的の住宅が近づくとスピードを落とし、やがて停車した。

「ここでいいだろう。ほら、後ろを見ろ。あそこを右に曲がったところだ」

リアガラスの向こうに小さな交差点がある。交差点の手前で停めなかったのは、事が済んだ後に車を見られないようにするためか。

「あと五分ほどだな」

少し早く着いたので、車内で待つ。男の口数が減ってきた。さすがに彼も緊張しているようだ。瑠美は腕時計を見続けた。秒針がやけに重く感じられる。早く終わらせたい。でも、できればしたくない。相反する思いが、一秒ごとに心の中で行ったり来たりする。

「そろそろだ。健闘を祈ってるぞ」

男が瑠美を送り出す。瑠美は男の目を見て頷《うなず》き、車から降りた。バッグからスマホを取り出し、地図アプリを起動させる。家の場所は知っているが、初めて訪問するのだ。相手がドア越しに道路を見ているかもしれない。さも今探しているというそぶりは必要だ。

現場の家が見えてきた。白っぽい外壁の小ぶりな一戸建て。本当の息子と、ここに住む母親が過ごしてきた家だ。ふと、中学三年まで過ごした町田市の実家を思い出した。感慨が湧《わ》きそうになったが、軽く頭を振って、目的の家に近づいていった。

小さな門壁があり、インターフォンが備えつけられている。カメラはついていない。考えると迷いが生じる。瑠美はスマホをバッグに仕舞い、爪《つめ》の先で呼び鈴を押した。すぐにドアが開き、年老いた白髪の女性が顔を出した。玄関ドアの内側で待っていたらしい。

「和夫《かずお》の会社の方？」

彼女の問いかけに「はい。代理の者です」と応じる。瑠美の返事を聞いて、彼女が玄関からこちらに歩いてきた。銀行名の入った分厚い封筒を、皺《しわ》だらけの両手で抱えるように持っている。

母親は門壁の外まで来て、厚みのある封筒を瑠美に手渡した。

「ちょうどね、本当にリフォームをする予定があったから、銀行ですぐに下ろせたの。和夫が心配して、どうしてもバリアフリーにしろって。そんな和夫の頼みだし、少しくらいリフォームが遅れても許してくれるわよね」

「はい……」

リフォームの予定があったのか。瑠美は心のどこかで、行員が気づいて止めてくれればいいのにと思っていたのかもしれない。銀行ですんなりお金を下ろせたと知り、心に鈍い痛みが生じ始めた。

「あの子は優しいからねえ。私に迷惑をかけたくなかったんじゃないかと思うの。それでも私に頼んできたんだからね。子どもが困った時には親として支えてあげないと」

「そうですね……」

早く切り上げたい。これ以上、心を抉《えぐ》るような話を続けないで欲しい。

「リフォームをすると思い出が消えちゃうんじゃないかって、そんな不安があったの。これでもうしばらくこの古い家に住めるから……ちょっとほっとしたくらい」

母親は急な出費に自らを納得させようとしているのか、それとも息子に心配するなと伝えて欲しいのか、どこか強がった口調で話している。彼女の言葉が紡がれていくのに従い、瑠美の心が削り取られていく。

「あ、いけない。急いで持っていってあげて」

母親が今度は瑠美を急《せ》かす。やっと終わった。瑠美は安堵《あんど》して封筒をバッグにおさめた。

「こちらで失礼します」

瑠美は彼女から目を逸《そ》らして頭を下げ、身を翻した。うまくいった。

「ちょっと」

母親が呼び止めた。

瑠美の心臓が跳ね上がる。足を止め、できるだけ自然な表情と動作を意識して振り返った。

「本当に――」と彼女が言いかける。

まさか、詐欺だと見抜かれたのだろうか。

「本当に……よろしくお願いします。息子を助けてやってください」

しおらしい言葉遣いに変わった母親が、両手を重ね合わせて慇懃《いんぎん》に頭を下げた。彼女の言動が瑠美の胸に突き刺さる。

「……必ず課長にお渡ししますから、大丈夫ですよ」

瑠美はかろうじて答えた。頭を上げた彼女の目が、瑠美をとらえる。その瞳《ひとみ》は真剣で、すがるようだった。

やめて。私は――。

瑠美は何も言えず、もう一度腰を折って踵《きびす》を返した。ゆっくりと歩く。彼女の視線を背中に感じる。見ないで。足がもつれそうになったが、すんでのところで持ち直す。

あの角だ。あそこを曲がれば彼女の視界から逃れられる——。

歩みを速めた途端、急に吐き気に襲われた。息を止め、手で口を押さえながら交差点を左に入った。乗ってきた車のリアガラスが見える。小さく深呼吸をした後、平静を装いながら助手席のドアに手を掛け、滑り込むようにして乗車した。

「これ」

瑠美はバッグから封筒を取り出し、運転席の男に渡した。男が中を軽く検《あらた》める。

「大成功だな。どきどきして待っていたけど、さすがリキさんと大比良さんが見込んだ女だ」

男が感心した顔つきで封筒をぽんと叩いた。

瑠美は「まあね」と笑みを浮かべて応じながら、急速に心が弱っていくのを感じていた。

2

瑠美はその後、受け子役を二度務めた。

その仕事が終わるたびに、名取との定時連絡で詳細を伝えた。初回の武蔵野市に続いて、二回目は練馬《ねりま》区、三回目は埼玉県の草加《そうか》市のマンションから被害者に電話をかけた。埼玉県ではキャッシュカードが不正利用されたと偽って相手を騙《だま》した。

いわゆるキャッシュカード詐欺の手口だ。銀行員に扮《ふん》し、カードが不正に利用されたから預金を保護する手続きが必要だと説明する。カードと暗証番号を封筒に入れさせてから「割り印が必要」と言って印鑑を取りに行かせ、相手がいない隙《すき》に偽のカードが入った封筒とすり替える。最後に「手続き完了の連絡がくるまで封筒は開けずに保管してください」と指示して、その場を去る。

キャッシュカードで一日に引き出せる限度額は五十万円という銀行が多い。騙された相手が信じ込んでいる間に「出し子」役に変装した施設の利用者が、毎日違うATMで現金を引き出す。被害者は「開けずに保管してください」と言われることで、しばらくは疑いもせずに偽のカードを使わずにいるらしい。今回は十日かけて五百万円の金を下ろし、その時点でカードは破棄したと後で大比良から知らされた。

被害に遭ったのは、皆七十五歳以上の高齢女性だった。心の内で何度も何度も謝ったが、ここ数日は自分がしてきた詐欺行為を夢にまで見てしまう。津島に入手してもらった向精神薬に手を出しそうになってしまい、慌ててその考えを追いやった。

「伊藤さん、最近顔色が悪いけど大丈夫？」

昼休みから帰ってきた九鬼が、心底から案じるように訊《たず》ねた。九鬼の素性を洗ってもらって以来、彼女の行動を注視してきたが、怪しいそぶりや不審な点はなかった。今日もこうして心配してくれるのであれば、彼女は犯罪行為とは無関係と考えていいだろう。疑うのも仕事とはいえ、彼女にまで疑惑の目を向けてしまっていたことが悲しかった。

「ありがとうございます。少し疲れてるみたいで」

「お昼もあまり食べてないでしょ？　食べないと疲れる一方だよ」

九鬼とはここで働き始めた当初に数回、昼休みに外食した。今度はこちらから声をかけようと思っていたが、瑠美の仕事が忙しくなってしまい、行きそびれてしまっている。食べないといけないのはわかっている。受け子役をし始めてから食欲が減退し、ゼリーのようなものしか喉《のど》を通らなくなっていた。その一方で酒量は増え続けており、心だけでなく体調もよくない。

「今度、ランチに行きましょうか」

「久しぶり。でも、無理しないでね。伊藤さんのほうで行けそうな時に、いつでも声をかけて」

九鬼の優しさに涙が出そうになった。任務中にこんなふうになるなんて、今までなかったのに。瑠美は礼を言うと、慌ててトイレに駆け込んだ。個室に入って立ったまま歯を食いしばるが、一度涙が溢《あふ》れ出すと我慢できなかった。瑠美はしばらくその場で嗚咽《おえつ》し続けた。

事務室に戻ると、九鬼がちらりと瑠美の顔を見た。化粧の具合で泣いていたのはわかっているはずだが、九鬼は微笑《ほほえ》みだけを送り、モニター画面に目を戻した。そんな九鬼の配慮にまた目元が熱くなる。

受け子の仕事はいつまで続くのだろう。不安を抱えたまま、瑠美は席についた。

定時連絡の際も、名取ははっきりとは言わないが、案じているのは明らかだった。

「きっと、あと少しだから」

『頼む』

今日の会話はこれだけだった。名取がもうやめろと命じないのは、瑠美が決して応じないとわかっているからだ。今さらやめられない。これまでの苦労がすべて無駄になるし、騙された彼女たちも救われない。

通話を終えると、瑠美は飲みかけのウイスキーが入ったグラスをつかみ取った。一気に呷《あお》って空にする。グラスの中が満たされていないと不安になる。すぐに次を注《つ》いで、半分ほど飲んだ。喉と胃が焼けるように熱い。

何かが輝いた気がして部屋の隅を見ると、空いたボトルが何本も転がっていた。部屋の明かりが反射していたらしい。

水を飲もうとして立ち上がった。足がふらついて転びそうになる。たどたどしく一歩ずつ歩いて、冷蔵庫からミネラルウォーターのペットボトルを取り出した。キャップを開けて数口飲む。胃の中が洗浄されていくようだ。これでまた飲める。

グラスを手にしてベッドに座った。目を閉じる。自分が騙した女性たちの心配そうな表情が暗闇《くらやみ》に浮かび上がる。念じても消えてくれない。瞼《まぶた》を押し上げてグラスを見つめた。

「早く……消さないと」

グラスを口に持っていく。

琥珀《こはく》色の液体が舌に広がった瞬間、瑠美の記憶は途切れた――。

3

「やるじゃない。これでもう立派な犯罪者だね」

さらにもう一度、荒川区で受け子役を果たした二日後の朝だった。大比良が瑠美を所長室に呼ぶなり顔を綻《ほころ》ばせた。

「リスト、見せてあげる。フォルダのアクセス権は付与しておいたから。フォルダの場所はメールしたんで、席に戻って確認して。覚醒剤の購入者だけでなく、詐欺の候補者リストもある。しっかり頭にたたき込んでおいて」

ようやくだ。凄《すさ》まじい良心の呵責《かしゃく》に耐えなければならなかった。それももう終わりだ。

これ以上受け子の回数を重ねるのは、心への負担があまりに大きすぎる。酒の量が尋常ではなくなってきていたし、体へのダメージも相当なものだっただろう。

瑠美はあまりの解放感にその場にへたり込みそうになった。これらのリストを手に入れれば、今回の任務は完了だ。

大比良は瑠美を共犯者にして、抜け出せないほどの泥沼に嵌《は》めていこうとしているのだろう。だから次々と新たな犯罪に手を染めさせた。だがそれは誤算だ。泥沼に嵌まっていたのは自分だったと、両手に掛けられた手錠を見て後悔するだろう。満足そうな大比良の顔を見ながら、瑠美は心の中で密《ひそ》かに笑った。

瑠美は事務室に戻ってメールを確認した。やはり自分が怪しいと思っていたフォルダの場所が記載されている。間違っていなかった。これで今までの労苦が報われる。アクセスすると、フォルダは問題なく開いた。

これは……。

中には彼らが行う犯罪の膨大なデータが入っていた。

覚醒剤の顧客、詐欺の候補者リストに加え、それぞれのマニュアルがあった。さらに、別の顧客リストも存在していた。そのリストの説明を見て、瑠美は驚愕《きょうがく》した。

拳銃《けんじゅう》の密売――。

こんな犯罪も施設の利用者にさせていたのか。これ以上ない、悪のデータだ。竜新会の存在に直接繋《つな》がるような情報はなかったが、大比良にリキ、山内、特殊詐欺の監督役の男をしょっ引けば、繋がりは明らかになるはずだ。

バッグの底板の下にメモリーカードを忍ばせているが、ほかの職員がいる時間帯にデータをコピーするのは危険だ。誰《だれ》もいない時を狙《ねら》おう。

「伊藤さん、所長から聞いたよ。結果を出し続けているんだって？　あのデータのアクセス権をもらうのに、僕なんか一年以上かかったのに」

山内が羨《うらや》ましそうな目をして瑠美に語りかけた。ちょうど九鬼は席を外していた。

「いえ、たまたまですよ」

「ご謙遜《けんそん》を」

山内の目が羨望《せんぼう》から嫉妬《しっと》のような光を帯びるのを、瑠美は見逃さなかった。今後、もし彼と一緒に仕事をしていくのなら面倒な関係性になりそうだが、あと数日でおさらばだ。山内も犯罪に関《かか》わったとして警察に逮捕されるだろう。

「処方薬の件……やっと薬が集まったんだけど、なかなか取引が成立しないんだよね。怪しまれてるのかなあ」

山内がぼやき始めた。まだ新たな取引はされていないと聞き、瑠美は安堵した。

「隠語の使い方に慣れていないんじゃないですか。そのうちうまくいきますよ」

「ほかの仕事に比べて薄利だし、割がよくない気がするんだよね。だから身が入らないのかもな」

「ちりも積もれば、ですよ。それに分散投資の考え方からリスクは散らしておいたほうがいいので、この仕事も大切なんです」

「そうかなあ。でもなあ……」

まだぶつぶつ言っている山内の言葉を聞き流しながら、瑠美はまずはデータを無事に手に入れなければと、あらためて気を引き締めた。

「お先です。またね」

定時の六時を迎え、九鬼が瑠美に手を振りながら先に帰宅した。山内はまだ残っている。彼が帰るまで待っているのは不自然に思われるかもしれない。瑠美は「お先に失礼します」と挨拶《あいさつ》して、いったん施設を出た。しばらくショッピングセンターをうろつき、七時半頃に施設に戻った。

事務室は暗い。所長室も電気が消えている。

事務室の鍵《かぎ》は消火栓の扉の中だ。鍵を手にして事務室に向かう。

「忘れ物しちゃった」

誰もいないが、部屋に入る時に独りごとを言った。

パソコンを立ち上げ、メモリーカードにデータをコピーする。データ量が多いため、なかなか終わらない。焦りながら待っていると、急に「おい」と声をかけられた。

驚いて顔を向けると、ドアの隙間《すきま》から津島が覗《のぞ》いていた。

「何だ、伊藤さんか。さっき通りかかった時には明かりが消えてたのに、今はついてたから気になってよ。泥棒かと思っちまった」

「忘れ物をしちゃって。あと、仕事を残していたのを思い出して、残業していたんです」

あらかじめ考えておいた言い訳を話す。

「仕事熱心だなあ」

津島は感嘆したような声をあげ、「部屋、戻るわ」と事務室のドアを閉めた。

瑠美がほっとしてモニターに目を戻すと、コピーはまだ続いていた。焦《じ》れながら五分ほど待ち、すべてのデータをコピーし終わった。急いでメモリーカードを引き抜く。津島に残業していると言ったばかりだし、すぐには帰らないほうがいいだろう。二十分ほど待機してからパソコンの電源を切って退勤した。

大通りに出ると、足早に錦糸町駅に向かった。あとはいつものように自分も逮捕されるように見せかけ、ここでの仕事は終了となる。やっと犯罪行為から解き放たれる。

東向島のマンションに帰宅した瑠美は、まず記者の江藤に電話をかけた。

「警察の家宅捜索が入るから、記事の準備をしておいて」

『ついにですか。素案は練ってありますから、いつでも記事にできますよ』

江藤の声が嬉《うれ》しそうだ。記事にするのを心待ちにしていたようだ。

「違法薬物だけじゃなかった。特殊詐欺や銃の密売まで利用者にさせていた」

『本当ですか……それは酷《ひど》いですね。でも、おかげですごい記事が書けます。どこの暴力団かわかりますか？』

「竜新会で間違いないはず」

『中規模団体ですが、実力のある組ですね。竜新会ならインパクトがあります」

「知ってる？」

『以前、暴力団絡みの記事を書いた時があって、いろいろと調べたんです。その時に知りました』

「だったら詳しく書けそうだね」

『できれば瑠美さんが実際に行った犯行方法を具体的に教えて欲しいのですが』

「話せる範囲でだけど、警察の捜査の後ならいいよ。どこかで飲みながらどう？」

『ぜひ。報酬に加えて、今度はたっぷりと奢《おご》らせてもらいますよ。家宅捜索はいつ頃になりそうですか』

「数日内には、だと思うけど」

『了解です。そのタイミングで一度連絡をください』

江藤は興奮気味に電話を切った。

警視庁との間には秘密保持契約があるから、秘密に相当する情報や、瑠美と特定できるような情報は与えられない。警察の捜査状況を見つつ、話しても問題ない内容を話せばいいだろう。もちろん事前に原稿を見せてもらう必要はある。瑠美としては今回の記事が竜新会を潰《つぶ》すきっかけになればいい。名取には伝えていないが、江藤の仕事の邪魔になるといけないので、これも事後報告でいいだろう。

瑠美はスマホの時刻表示を確認した。午後八時四十五分。待ち切れずに、名取に電話をかけた。

『どうした？』

定時連絡前に瑠美からはあまりかけないため、名取は出るなり心配げな声で応じた。

「朗報だよ。データが手に入った。今、手元にある」

『そうか。これから取りにいく』

名取の声が昂《たか》ぶった感じに反転する。

「名取さんが？」

『すぐにでも見たい。盗聴器はないな？』

「問題ない」

名取が電話を切る。おそらく車で来るだろう。警視庁からこの部屋に到着するまで四十分はかかるはずだ。

瑠美は急いで部屋の隅に転がっているウイスキーのボトルを掻《か》き集め、備えつけのクローゼットの中に押し込んだ。それが済むとキッチンの換気扇を回し、バスルームに飛び込んでシャワーを浴びた。浴室から出て髪をセットし、軽く化粧を施す。鬼子母神のマンションから持ってきた、お気に入りのベージュのワンピースを着て、鏡の前で全身をチェックする。顔を左右に向けて髪の見え方を確認している最中に、インターフォンが鳴った。腕時計に目を落とす。電話を終えてから四十三分が経過していた。

換気扇を切ってインターフォンのモニターを見た。名取が映っている。

無言でオートロックの施錠を解き、その場で待つ。一分ほどで部屋のチャイムが鳴った。瑠美はゆっくりとした足取りで玄関に歩き、そっとドアを開けた。

「遅かったじゃない。待ちくたびれたよ」

瑠美は何食わぬ顔をして名取を迎え入れた。前回会ったのは二ヶ月以上前か。毎日声は聞いているので懐かしさは感じないが、直接顔を見て安心感は抱いた。

「これでも飛ばしてきたんだ」

「白バイに捕まらなくてよかったね」

「周囲の確認もして来たが、マンションに監視の目はないようだな」

「監視されているのは、覚醒剤や詐欺の仕事をしている時だけみたいだね。はい、どうぞ」

瑠美はメモリーカードを名取に渡した。名取が黒いバッグの中からノートパソコンを取り出す。メモリーカードを端子に差し込んでデータを確認した。

眼鏡の奥にある名取の目が見開かれる。

「このデータは……」

「どう？」

「素晴らしい。ハッピーライフに捜索差押許可状を、大比良たちにも逮捕状を取る」

「いけそう？」

「充分だ。雇客データだけでなくマニュアルがあるし、特殊詐欺の監督役や、各犯罪を担当している施設の利用者たちの名前もある。利用者たちも刑罰を逃れられないが、やむをえまい」

瑠美の脳裏に津島たちの顔が浮かぶ。彼らは犯罪とわかっていて手を貸していた。生活保護費を搾取《さくしゅ》される側とはいえ、罪は償わなければならないだろう。

「大比良は口が堅そうだが、山内と利用者たちから崩していけそうだ。ルーシー、大変だっただろうが、よくやってくれた」

名取がパソコンの画面から瑠美に視線を移した。名取の言葉には実感が籠《こ》もっている。上辺だけの労《ねぎら》いではない、誠実さが感じ取れた。これであと少し頑張れる。

「今回は結構きつかったけどね」

「わかっている」

「うん」

瑠美は笑みを作って、名取の目を見つめた。

「ガサ入れの日時はあらためて連絡する。二、三日で終わらせたいが、それまでは施設に通ってくれ」

名取はカードを抜いてスーツの内ポケットに入れると、ノートパソコンを畳んで部屋から出ていこうとする。この人はいつもそうだ。

「待ってるから」

瑠美は名取の背中に語りかけた。名取は靴を履いてからこちらへ向き直った。

「そう待たせないつもりだ」

名取の姿がドアの向こうに消えていく。苦笑した瑠美は施錠音が名取に聞こえるように、内鍵を思い切り捻《ひね》った。誰もいなくなった玄関ドアの前で、ワンピースの裾《すそ》を軽くつまむ。服には一度も視線が向かなかったなと思いながら、俯《うつむ》いて吐息をこぼした。

「……よしっ」

顔を上げて振り返る。室内を眺めた。この部屋ともお別れだ。

任務が終わると決まったら、鬼子母神のマンションに帰るまでお酒は飲まない。体調不良でミスをしないようにするためと、我慢したぶんおいしいお酒が飲めるからだ。

瑠美は冷蔵庫を開けると、ミネラルウォーターのペットボトルに手を伸ばした。

第七章　交渉

1

ハッピーライフに家宅捜索が入ると決まった。

名取にデータを渡した二日後の定時連絡で告げられた。同時に大比良と山内、犯罪に関《かか》わった施設の利用者、特殊詐欺の監督役の逮捕状を取ったという。監督役は竜新会の構成員ではなく、フロント企業と目されている会社の社員らしい。また、瑠美と入れ替わりでハッピーライフを辞めた野々村については、事情を知っている可能性があるので任意同行を求めて話を聞くそうだ。

「ガサ入れの日時は？」

『明日六月十六日金曜日、午前九時前を予定している。大比良も出勤しているだろう』

今週から来週にかけての大比良のスケジュールは名取に伝えてあった。明日の午前中、役所などに立ち寄る予定はない。

「九鬼さんはどうするの？」

『任意同行を求める。所長始め、あれだけ職員と利用者が関わっていたんだ。無関係を装っているのかもしれない。念のためといった程度だが』

「あまり厳しくしないでよ。彼女、優しいから」

『潜入先にいる者の肩を持つとは珍しいな』

「たまにはそういう人だっているよ。リキの逮捕状は？」

『ハッピーライフの人間ではないし、直接的な関与を示す証拠がなかったため、まだ許可は得られていない』

「私は彼と話したし、一度ハッピーライフに来たのを捜査員が見ているでしょ」

『まだ弱いという裁判所の判断だ。大比良たちを逮捕できれば、彼らの証言から近いうちに逮捕状は取れると踏んでいる』

「わかった。任せるよ。荷物はまとめて鬼子母神の自宅に送るから、ベッドや冷蔵庫の回収はよろしく。手に入れた処方薬はキッチンの戸棚に入れてあるよ。それも持っていって」

『了解。では明朝に』

瑠美は「おやすみ」と言って電話を切り、続けて記者の江藤にかけた。

「家宅捜索は明日に決まったよ。時間は教えられないけど」

『明日ですか。できれば現場に張り込みたかったですが、ほかの仕事があるので、後で話を聞かせてください』

「いいお店を探しておくから」

『楽しみです』

江藤が声を弾ませる。瑠美も記事の出来映えが楽しみだ。

瑠美は「じゃあ、また」と通話を終え、長袖《ながそで》Tシャツの腕をまくって衣服を段ボール箱に詰めていった。名取にデータを渡した後に段ボールを用意し、ウイスキーの空きボトルも同じタイミングで処分した。残っている数本はすでに箱に仕舞ってある。化粧品は明日の朝に使うから、今は詰めないでおく。出勤前にコンビニから荷物を送るつもりだ。

今回の任務が終わったら、少しでいいからゆっくり休みたいな。そう思いながら、瑠美は畳んだワンピースを段ボール箱に押し込んだ。

翌朝、荷物の発送を済ませた瑠美は、普段通りに出勤した。

ガサ入れの予定時刻は午前九時前だ。

職員たちの仕事が始まる直前を狙《ねら》ってのガサ入れで、大比良も所長室に来ている。瑠美は八時半には自席に座り、パソコンのモニター画面を眺めていた。

収支データを見流してから、デスクトップの右下にある時計表示に目を向けた。

八時四十七分。

職員たちは揃《そろ》っている。そろそろか。

事務室のドアが開いた。来た——。

先頭にいる名取の姿を想像したが、顔を出したのは津島だった。

「二階の給湯室のコンロが調子悪いんだ。朝からすまないが、見てくれねえかな」

津島が瑠美に向かってニッと笑う。

以前、ドアとベッドの調子を見て欲しいと津島が事務室に来た際、どちらも瑠美が応対した。設備の確認に慣れておきたいと言った手前、ここでほかの人に頼むのは不自然か。それに山内と九鬼は事務室にいてもらったほうがいい。仕方ないなと思って腰を上げた。

事務室を出て、津島と歩き始める。背後に気配を感じて顔だけで振り向くと、九鬼が女子トイレに入っていこうとしていた。九鬼が気づいて、瑠美に笑顔で手を振った。彼女もこれから任意同行を求められる。仮に逃げようとしても、トイレから外には出られない。小窓はあるが換気と明かり取りのためで、人の通れる隙間《すきま》ではないからだ。瑠美は九鬼に小さく手を振り返す。心の中で彼女に謝りつつ、階段を上っていった。

「今度はほんとに見て欲しいんだ。わりいね」

階段の途中で津島が手を合わせた。瑠美は笑みを浮かべて「いいえ」と応じる。

二階の給湯室で、電気式のコンロの具合を確かめた。ランプの点《つ》きが悪いようだが、使えないわけではない。まもなくガサ入れが始まる。早く切り上げて事務室に戻らなければ。

「まだ、いけるんじゃないですか」

瑠美が津島のほうを向こうとした時だ。突然手で口を塞《ふさ》がれた。

え……何——？

混乱しかけたが、呻《うめ》きながら抵抗を試みる。背後からものすごい力で押さえ込まれていて、身動きがとれない。相手の手がふと離れ、すぐにタオルのようなものを嚙《か》まされた。素早く両腕を後ろに回されて、手首を縛られる。踵《かかと》で背後を蹴《け》り上げるものの、むなしく宙を蹴った。その勢いのままうつ伏せに倒された。肺が床と衝突し、一瞬呼吸が止まる。足首も縛られ、目隠しをされた。この間、わずか三十秒ほど——。

瑠美は抱きかかえられた。暴れて抗しようとしたが、相手の両腕は塑像《そぞう》のようにびくともしない。突如、瑠美を抱えたまま走りだした。階段を勢いよく駆け下りる。落とされやしないかという恐怖と、これからどうなるんだという恐怖が、ない交ぜになる。

そして何よりも、十五年前の誘拐事件と同じように手足を縛られ、目や口を封じられ——フラッシュバックが襲ってきて、心臓が締めつけられる。

車のトランクが開く音がした。

いや！

心の中で悲鳴を上げたが誰にも聞こえるはずはなく、トランクに放《ほう》り込まれた。背中を打ちつけて痛みが走る。それでも周囲に聞こえるように唸《うな》り声を立てたが、トランクが閉められた。ドアの開閉音がひとつして、車は即座に発進する。

まずい。

本当にまずい。

津島に呼ばれたのは罠《わな》だった。迂闊《うかつ》だった。あと数分で任務は終わっていたのに。気の緩み。恐怖に代わって悔しさが心を占めていく。

彩矢香、ごめん、ごめん——。

車の振動に揺られながら、瑠美はただそれだけを思った。

2

車のエンジンが切られた。

途中、一度だけエンジン音が止《や》み、運転席から人が降りた気配があった。何分後かにまた動きだしたが、運転手が交代したのかはわからない。連れ去られた直後はショックを受けた瑠美だったが、これではいけないと思い直した。神経を集中させ、あらゆる音を聞き分けて状況を把握しようと努めた。

今度は運転手が車を降りた後、建てつけの悪いシャッターを開けるような音がし、再度乗車してバック音が鳴り始めた。どこかに車を収容しているのだろうか。降車して再びシャッターの音。閉めたようだ。

足音が近づいてくる。耳を澄ませているとトランクが開けられ、目隠しが取られた。

瑠美は眩《まぶ》しさに目をしかめた。その先にいる人物を見て、あらためて絶望した。

リキ――。

リキは無言のまま瑠美を抱き上げ、薄汚れたコンクリート敷きの床に下ろした。今日のリキは黒いキャップとTシャツ、細身のジーンズ姿。スーツでないのは、警察の目をくらませるためか。瑠美は周囲を見渡した。リキ以外の仲間はいない。ここは古いガレージのようだ。

「潰《つぶ》れた自動車工場のガレージだ」

リキは瑠美の拘束を解き、口に巻いたタオル地の布も外した。手首と足首が痛い。でも、私はもうここで――。瑠美はリキを見上げて懇願した。

「殺すなら楽な死に方を選ばせて」

「死ぬにはまだ早えよ」

リキは拘束具をトランクに投げ込んで笑った。

「殺せときたもんだ。やっぱりあんた、肝が据わってるな」

「殺さないのなら、私を人質にして警察との交渉に使うの？」

「それも悪くないが、そのつもりはない。しかし、危なかった。あと数分だっただろうな。間に合ってよかった」

「ちょっと待って。間に合ったって？　私を拉致《らち》したのはわかるけれど、所長たちはどうしたの？　そもそも、どうして津島さんを使うなんて面倒な真似《まね》をして、私を拉致したの？　人質じゃないなら、何なの？」

「いろいろ質問されたが、答えはひとつだ。あんたを救い出すためだ」

「救い出す？　意味がわからない」

リキが車のトランクの端にもたれかかった。車はＢＭＷだった。

「あのままあんたを逮捕されちゃ、俺《おれ》が困るんだよ。いや、逮捕……に見せかけた演技。それでもってあんたの仕事は終了。そうだろ？　協力者さん」

リキが指を鳴らして不敵に笑う。自分が警察の協力者だと見破られていた？

「そうそう、その顔、見たかったんだ。驚いただろう」

リキが手を叩《たた》いて大笑いする。

「俺の力を舐《な》めるなよ。あんたの目論見《もくろみ》はわかってたんだ」

竜新会の者に尾《つ》けられていた？　だが任務中、自分は一度も警察と接触していない。名取がマンションに来た時だろうか。いや、名取なら不審者の存在に気づくはずだし、実際に確認したと言っていた。それとも……そこまで考えて、ある人物の顔が浮かんだ。

「まさか九鬼さん？　彼女が……？」

「操か。あいつは違う。別の目的で働いていた」

「違う？　じゃあ、彼女は何をしていたの」

「監視だ」

「やっぱり私の動きを見てたんじゃない」

自分が彼女に抱いた直感は正しかった。だがそれは犯罪行為に加担していたからではなく、瑠美の監視という仕事を与えられていたのだ。

しかし、リキがその考えを一蹴《いっしゅう》する。

「違うって言ってんだろ。あいつは大比良を監視していたんだよ」

「え……」

大比良を？　彼女が？　直前に抱いた彼女への認識が一気に覆された。

「どうして」

「話すと長くなるから面倒なんだが、手短に教えてやる。大比良のやつ、三年前にハッピーライフの利用者を虐待で殺しちまったんだ」

「えっ……」

リキの口から驚くべき事実ばかりが明かされ、瑠美の思考が追いついていかない。

「しつけのために熱湯をかけたって釈明をしていたが、動機や殺害方法はどうでもいい。開設してまだ二年しか経《た》っていないし、金づるになる施設を簡単に閉めるわけにはいかない。利用者はどのみちホームレスのようなやつばかりだ。一人消えても不自然じゃない。遺体はバラバラにして群馬と長野の山奥に埋めた。遺体の処理も含めて、ほかの利用者の口止めなど、もみ消しには苦労したんだ。大比良の処遇は本部と協議したが、やつは前科があるし、下手に解雇するより俺たちの下で飼い続けるほうが得策という結論に達した。大比良が二度と虐待をしないよう、お目付役として本部から送られてきたのが操だ。実質的にあいつが所長みたいなもんだ」

「そうだったの……」

　以前は虐待があったのだ。三年前から九鬼が派遣されてきて以降、虐待はなくなった。津島は施設を利用して約一年だから、虐待がない状態があたりまえだった。虐待の噂《うわさ》は、もみ消された三年前の事件が細々と伝えられてきたものだったのだろう。しかし九鬼が大比良の監視のために送り込まれていたとは……。

「そういうわけだ。わかったか」

「本部って……あなた、竜新会の菊川梨樹でしょう？」

「そうだ」

　リキはあっさりと自身が竜新会の菊川梨樹だと認めた。

なかった。


「九鬼さんも竜新会の人？」

「そういうことになるな。構成員ではないが、一味には違いない」

九鬼が竜新会と関係のある人間だったなんて、あの優しさに満ちた笑顔からは想像できなかった。

「所長は監視されているのは知っているの？」

「でないと、お目付役にならないからな」

九鬼がしているのは「ハッピーライフの仕事」と大比良は言っていたが、確かにその通りだ。目が笑っていなかったのは、自身が監視されているのをわかっていたからか。

「九鬼さんの話は理解したけど……私が協力者だって、どうやって知ったの？」

「今は言えないな」

リキは肩をすくめ、はぐらかした。それでも訊《き》きたいことがある。

「私が警察の協力者だとわかっていたのなら、どうして私にデータのアクセス権を与えたの？　私がデータをコピーして警察に渡すのは容易に想像できたでしょ」

「もちろんだ。そのように仕向けたんだからな。でなければ、ぽっと出のやつに重要な仕事を任せたり、アクセス権をやったりなどしない」

リキが言い放つ。とんとん拍子で仕事を任されていたのは自分が認められたのではなく、リキがそうさせていた……。

「勘違いするなよ。あんたの仕事ぶりがよかったからだ。まったく使えないようじゃ、大比良はあんたを信頼しない。それじゃあ話にならないからな」

　リキが瑠美をフォローする。しかし、解せない。

「なぜ私を犯罪に巻き込んだの？　すぐにデータを見せてくれればよかったのに」

「大比良がアクセス権の管理をしているんだ。そんな指示を出したら、俺が大比良に怪しまれるだろ。あいつだって、仕事の結果を出していないやつにアクセス権をやるなんて納得しない」

「だからって……」

「最初に処方薬の転売を提案したのはあんただ。あれも犯罪だろう」

「あの薬、売り捌《さば》いてないから。私のお金を所長に渡したの」

「そうだったのかよ」

　リキが噴き出して、自分の太腿《ふともも》を大きくひとつ叩いた。

「だが、あの転売の提案がなければうまくいかなかったかもしれん。あれがあったから、大比良にあんたを犯罪に引きずり込もうと言いやすくなったからな」

「私が処方薬の転売を提案した後、やっぱり所長はあなたに相談したんだね」

「あいつの一存では決められんからな。俺が『やらせてみよう』と後押しした」

「そう……。でもね、いまだに話が全然見えないんだけど。どうして私をここに連れてきたのか理解できないし、そもそも問題を起こしたら、あなたの立場は危うくなるんじゃないの？」

「そのとおり。立場はないな。で、あんたに頼みがある」

「頼み？」

瑠美が首を傾《かし》げると、リキは思ってもみないことを言った。

「俺の協力者になってくれ」

「はぁ？」

瑠美はわけがわからず、唇を歪《ゆが》ませてリキを見上げた。

「どうして私があなたに協力しなきゃいけないの」

「できれば何も聞かずに、俺の指示に従って欲しいんだが」

「ちゃんと理由を教えてくれないと協力できない」

リキは少し考える顔をしたが、瑠美の態度から説得は無理と判断したのか、「しょうがねえな」と応じた。

「俺は竜新会の幹部の一人を殺したいと考えているんだ」

「殺す？」

物騒な表現を聞いて問い返す瑠美に、リキは語り始めた。

リキは竜新会の相談役の間柴丈治《ましばじょうじ》という男を殺したいという。間柴は一部のフロント企業のとりまとめ役で、今はハッピーライフ事業も管理下に置いている。組のナンバー2である若頭や、ナンバー3の本部長などをうかがえるほどのやり手だが、そういう権力には興味がないらしく、相談役として自由に動く立場を選んだ。相談役といっても表向きには無役だから、警察は彼の存在を詳しく把握できていないはずだ。

「以前、あなたの上にものすごく怖い人がいるって所長から聞いたけど、それが……」

「間柴だ」

間柴、リキ、大比良という序列があるわけか。竜新会とハッピーライフの関係が、より鮮明になってきた。

「間柴は極めて慎重な質《たち》でなかなか姿を現さない。間柴の事務所にいる数名の腹心以外は近寄れず、部下の俺でさえ今まで一度しか会えていない。大きな問題を起こせば、あいつは俺に落とし前をつけさせるか、弁明の機会を与えるか……何らかのアクションを取るはずだ。そのために今回、ガサ入れを引き起こすよう画策した」

「それでうまくいくの？」

「もうひとつ策がある。それが、あんただ」

「私？」

「間柴は女を集めているらしい」

「女を集める……どうせ、ろくでもないことをしてるんじゃないの」

「おそらくな。自分のまわりに侍《はべ》らせているか、どこかに囲っているか、売春組織に送り込むか……いろいろ噂はあるが、俺もつかめていない」

「私をその人に献上するつもり？」

「そうじゃない。一時的に間柴と過ごしてもらうだけだ。どんな形であれ俺は間柴と会い、あんたの存在を知ってもらう。それからが勝負だ。間柴があんたを気に入り、ほかの場所に連れていけば勝機が見えてくる。後で俺もそこへ行き、油断している間柴を殺す」

「そんなことできるの？」

「そのために、間柴に気に入られてくれ」

「待って。待ってよ、もう」

瑠美は両手を上下に振ってから後頭部を抱えた。このままリキの策に協力していいのだろうか。そんな得体の知れない男のもとに連れていかれて、無事でいられるとは思えない。

「俺は必ずあんたを助けに行く。信じてくれ」

瑠美は小さく嘆息した。ここで押し問答を続けても埒《らち》は明かないだろう。今、自分はリキに連れ去られてここにいる。優位なのはリキだ。いったんは受け入れる体にして、隙が生じたら逃げる。身の危険を感じたら即時撤退――。今がまさにその時だ。

「あなたの計画はわかった」

瑠美の返答に、リキが少しほっとしたような表情に変わる。

「でもさ、こんな問題を起こさなくても私を紹介できたんじゃない？」

「前触れもなく俺がいきなり女を連れていったら、あいつは怪しむ。慎重なだけでなく、疑り深いやつなんだ。だから俺がミスを取り返すために女を紹介するという形にしたい」

「……それは確かにそうかもね。弁明したいんだったら、あなたからその間柴って人に連絡したらいいと思うけど」

「弁明が許されるかどうかは間柴が決める。俺が申し出ても意味はない」

「このまま何も起きなかったら？」

「それはない。あいつは部下のミスを嫌う。放っておくはずがない」

「私は危険な目に遭《あ》わない？」

「それはわからん。助けにはいくが、それまでは自分の身を守ってくれ」

「そこは自分頼りになっちゃうわけ？」

「ある程度は仕方がない。正直に言わせてもらうが、そこまで詳細に詰める時間がなかったんだ」

「どういうこと」

「竜新会は近々、間柴に海外拠点を任せるつもりで動いている」

「海外って？」

「フィリピンとタイが有力だ。そうなれば、やつは当分帰国しないだろう。海外まで追っていくという手もあるが、現地は日本より治安が悪い。警護が厳重になって、やつに近づくのはより困難になるはずだ。だから計画を急ぐ必要があった」

「そういう理由があるんだったら、わからなくはないけれど……絶対に助けに来てよ」

「ああ。一応、策はある。先入観を与えたくないから、今は言わないだけだ。いずれわかる」

策があるというのなら、任せるしかないだろう。だが、どうしても気になる点がある。

「計画は理解したけれど、あなたはその間柴ってのを殺すつもりなんでしょ？　私に殺人の手助けをさせるわけ？　あなたは私に重罪を着せようとしているんだよ」

「心配いらん。あんたには罪を着させないようにする」

「どうやって？」

「万が一、俺とあんたが逮捕されたら、あんたを強制して従わせたと証言する。いや、あんたは何も知らない。間柴といるところに俺が突然押し入ってきて殺した。それでいいだろう」

「法的にはそうかもしれないけれど、私はもう知っちゃったし。私の心の問題もある」

「間柴は最悪の人間なんだ。あいつは死ぬべきクソだ」

リキが怒気を込めて拳《こぶし》を握る。

「どうしてそいつを殺したいの」

「俺の大切な人を殺したからだ。有り体に言えば復讐《ふくしゅう》だよ。よくある動機だろ?」

その言い方から恋人か妻、それともきょうだい、もしかしたら両親なのだろうか。

「気持ちはわかるけれど……」

瑠美は言い淀《よど》む。

瑠美も彩矢香を目の前で殺された。もしあの時の男を殺す機会があれば、自分はどうするだろうか。それでもきっと殺しはせずに、法の裁きを受けさせる。彩矢香は言ったのだ。

「絶対、懲らしめて」と。それは決して命を奪うのではなく、罪を償わせるのだと、あの子ならそう思うはずだから。

「間柴が殺人犯なんだったら、警察に逮捕させればいいじゃない。捜査はしてくれてるんでしょう?」

「真面目《まじめ》に捜査しているのかしていないのか、俺にはよくわからん。仮に逮捕されたとしても、たいした量刑が科されなかったらどうする?」

リキも握った拳を振って反駁《はんばく》する。確かに犯人の精神状態、殺害した人数などによって、量刑は判断される。

「でも、駄目。殺人の手助けなんてできない。そんなことに協力したら、私は自分を一生恨む。そしてあなたも一生恨んでやる」

瑠美はリキを睨《にら》みつけた。

リキは押し黙った後、手をぽんと叩いた。

「わかったよ。殺さない」

「本当に？」

「警察に引き渡す。あいつがムショにぶち込まれるのなら、それでいい。だが、この前の俺の台詞《せりふ》、覚えているか」

「この前？」

「俺を裏切るなよ」

初めてリキと会った夜、去り際にリキが言った言葉だ。まさかリキはその時から瑠美に協力を仰ごうと考えていたのだろうか。だからあの時、そんな言い方をしたのだろうか。

「裏切らない。あなたも私を裏切らない。いい？」

リキは苦く笑って頷《うなず》いた。

「所長たちは逮捕されたの？」

瑠美は気になっていることを訊いた。

「ここに来るまでに部下から聞いた話だと、大比良と山内、犯罪に関わっていた施設の利用者、あと特殊詐欺の監督役が逮捕された。ハッピーライフに家宅捜索も入った。覚醒剤《かくせいざい》や銃を購入したやつらも一網打尽だろう。全部、あんたの手柄だな」

「そう」

逮捕されたのなら、これからハッピーライフの手による被害者はいなくなるし、瑠美が関わった特殊詐欺の被害者のお金は返されるはずだ。これで多少は罪の意識が薄れるだろうか。

「九鬼さんは？」

「操は無事だ」

「逃げたの？」

瑠美が津島と二階に向かう時、九鬼はトイレに入っていった。あそこからは逃げられない。

「警察がハッピーライフに近づいているというのは、周辺を監視していた俺の部下から知らされた。だから津島のオッサンをあんたのところに行かせたんだ。同時に操にも連絡した。俺も操も警察の到着二分前に、現場から離脱した。かなり際どかったな」

「ガサ入れの直前にトイレに入っていったのを見たけれど。あの後すぐに裏口から逃げたのかな」

「裏口に移動する際、人に見られるかもしれない。念のためにトイレの小窓から逃げたんだろ。だからトイレに入った」

「ええっ。そんなに細いの」

九鬼の細身な体を思い出す。あの小窓は換気と明かり取りのための申し訳程度の代物で、自分なら間違いなくすり抜けられない。だから人が通れる大きさではないと思ったのだが……。

「隙間からすり抜けるのは、いくら操でも無理だ。窓を外して逃走したんじゃないか。ガサ入れを想定して、前もってすぐに取り外せるように細工していたんだろう」

「道具なんて持ってないでしょ」

「あいつ、常に小型のドライバーやら錐《きり》やら、服の裏に潜ませているんだ」

「え……」

だとしたら逃げられるが……どうしてそんな道具を持ち歩いているのだ。

驚いている瑠美に、リキは想像をはるかに超えることを言った。

「面白い話をしてやろう。あいつ、メキシコの麻薬カルテルで違法薬物売買の交渉役をやってたんだ。日本の警察なんてチョロいってのが口癖だ」

「麻薬カルテル……?」

まったく現実的ではないその単語を、思わず口にする。麻薬カルテルとは特に中南米や南米の麻薬組織を指し、時には大規模な武装勢力になる。あの笑顔と麻薬カルテル。竜新会以上に結びつかない。

「嘘《うそ》でしょ」

「本当だ。ひとつ間違えばズドンと撃たれて簡単に殺されちまうような現場で、どれだけの量の薬物を売り捌いてきたか。俺ですら想像できん。道具だけじゃない。小型のナイフも太腿あたりに携帯しているはずだ」

本当にそうなのだとしたら、彼女は日常的に命を危険にさらし続けてきたことになる。竜新会の本部から送り込まれ、所長を監視していた女。なぜ九鬼なのだろうと思ったのだが、充分すぎるほどの裏づけがあって派遣されてきていた。大比良はそれを知っているから、九鬼に対してよそよそしい態度を取っていたのか。九鬼の存在そのものが、大比良の虐待行為を阻む抑止力になっていた。

リキはハッピーライフ事業が金づるだと言った。シノギを得る重要な拠点だから、九鬼のような経歴を持つ者が監視役に選ばれたのだろう。そうした事情を知ったうえで彼女のあの笑顔を思い出すと、逆に薄ら寒くなってくる。

「私が東部クリーンの清掃員からハッピーライフに移ったのも、九鬼さんは……」

「職員にしてくれと所長に掛け合いに来ただろう？　操はあの時に見抜いていた」

「ええっ、あの時？」

所長室を出て玄関に向かっている折、女子トイレから出てきた九鬼とすれ違った。瑠美はお辞儀をして顔を伏せたまま通り過ぎたのだが、あの瞬間に気づいたというのか。

「変装を見抜くのに長《た》けているんだ。もちろん、なぜあんたがそんなことをしたのかまではわからなかったそうだが。その日の夜、『掃除の人が所長室に押しかけてきた』って連絡を受けた。その後大比良から、東部クリーンの女が職員になりたいと望んでいると相談があった」

「じゃあ、採用を決めたのは……」

「俺だ」

リキが親指を立てて自分の顔を指す。

「どうして」

「何か企《たくら》んでいると思ったんだ。単に職を得たいのかもしれないし、警察と繋《つな》がっているかもしれない。近寄ってきたやつを無視したり、遠ざけたりするのは簡単だが、それではそいつの企みはわからないままだ。俺はそういうのは知っておきたい質なんだよ。ただ大比良の顔も立てなければならないから、履歴書を読んで面接をして、不採用にするならしてもいいとは伝えた。結果、大比良は採用を選んだ。あんたの勝ちだな」

自分の考えと選択で事が進んでいたと思っていたのに、すべてはリキの指示で物事が決められていた。そういう意味では負けではないだろうか。

瑠美が黙っているからか、リキは諭すように言った。

「だから誤解するなって。あんたの決断と行動力がなければ、俺は今こうしてあんたとここにはいない。全部あんたのおかげだと、俺は思っている」

「そう……」

先ほどからリキは、瑠美のプライドに傷がつかないよう気づかってくれている。根は悪いやつではないのかもしれない。

「採用よりも、私がショックなのは九鬼さんだよ。すごく優しくしてくれたんだけど。受け子で苦しんでいる時に、とっても心配してくれて。あの態度も偽っていたの？」

「いや、あいつは気に入ったやつには親切なんだ。あんたとは素で接していたんじゃないか。逆に気に食わないやつには冷たいけどな。山内とは会話がなかっただろ」

今思えば、九鬼と山内が話しているところを見た記憶がない。山内は九鬼がほかに何をやっているのかよくわからないと言っていたが、そういう理由もあったようだ。

「彼女の仕事って、所長の監視だけなの？」

「ハッピーライフではな。夜は竜新会のほうで覚醒剤売買の仕切りの仕事がある。ああ、昼休みは取引の件で方々に連絡を入れるから、外に出ているらしいが」

「覚醒剤売買の仕切り……」

九鬼は昼休みになると外出し、午後六時には帰宅していた。竜新会の仕事のために、毎日スケジュールに沿った行動を取っていたのか。瑠美とランチをした際は、その仕事を調整して瑠美との約束を優先してくれたのだろう。

彼女が覚醒剤密売という犯罪行為の重要ポジションを担っていたなんて……いまだに実感が湧《わ》かない。

「身分を詐称するのも得意としている。俺、あいつのこと何も知らないんだ」

「警察の調査では普通の経歴だったけど。茨城の高校を出て――」

「全部、嘘に決まってんだろ。だいたい九鬼操ってのも、ハッピーライフでの仕事のために使っている名前だ。本名は俺も知らん」

「そんな……」

「だから言ったろ。あいつにとって、日本の警察はチョロいって」

瑠美の頭の中を占めていた九鬼の笑顔がふと消えて、人相のないただの影へと変化した。彼女の真の姿は誰《だれ》にもわからない……。人手が足りない中、そういう人物の調査をお願いしてしまい、名取に申し訳なく思う。そうだ、名取は自分がいないと知り、どうしているだろうか。

スマホはハッピーライフに置いてきたバッグの中だ。コンロの調子を見るだけだと思ったから、持たずに離席したのだった。捜索はしてくれているはずだが、警察が組織として動いているかはわからない。自分は警官ではない。ただの一般人だからだ。それも協力者という、普通の一般人とも違う立場だ。切り捨てやすい駒《こま》――。覚悟はしていたが、いざその時が来ると、どこか寂しさのような感情が湧いてきた。

その感情を打ち払うように、瑠美は問いを重ねた。

「九鬼さんの話はもういい。いくつか訊きたいことがあるんだけど……あなた一度、堂々とハッピーライフに来たでしょう。あれは?」

「あんたが警察と繋がっているのなら、どのみち俺のことも伝わっているはずだろ。こそこそしても仕方ない。見張られていたとしても、あの一度だけだし、深い関係というのを証明するのは難しいと読んだわけだ」

警察に情報が伝わっているのがわかっていたから、あんな行動をとったのか。あの一度の来訪だけでは逮捕状は取れなかった。リキの読みどおりだ。

「私が覚醒剤取引や詐欺の受け子をしている時、監視していたでしょう?」

「もちろんだ。俺の部下に見張らせていた。移動中に警察に通報されでもしたら、俺の計画が頓挫《とんざ》する。あんたは監視を懸念して妙なそぶりはしなかったから、施設で行われている犯罪よりも、その背後にいる竜新会を探っていると俺は考えた。だからフォルダの閲覧権限を与えるという条件を出したんだ。それを手に入れるまでは警察に通報しないはずだからな」

証拠を入手するまでは泳がせておくと、名取も言っていた。

「実のところ、あんたが住んでいるマンションも見張らせていたが、フォルダを見せる条件を出した後に撤収させた。監視役が下手を打つ可能性もあるし、俺としてはあんたが証拠を手に入れさえすればよかったからな」

警戒しながら暮らしていたのは間違っていなかったが、名取が証拠のメモリーカードをマンションに取りに来た時には、すでに監視は解かれていた。確かに名取なら監視に気づいて、ガサ入れにも影響が出ていたかもしれない。リキの周到ぶりに溜息《ためいき》が漏れた。

「所長たちが捕まったそうだけど、津島さんも逮捕されたんだよね？」

「オッサンにはあんたを連れてこいとだけ頼んだからな。あの後、簡単に捕まったみたいだ。これを機に犯罪から足を洗えばいいんじゃないか」

別に逃げて欲しくはなかったが、リキの言うように、逮捕された経験が人生をやり直すきっかけになればいいなとうっすら思った。

「念を押すようだけれど、本当に私を助けに来てくれるんだよね？」

「もちろんだ」

「頼んだよ」

リキは瑠美の返答で覚《さと》ったのか、「交渉成立だな」と握手のつもりか手を伸ばしてきた。

瑠美は「まだ早い」と、その手を軽くはたく。リキは苦笑し、はたかれた手を撫《な》でる。

「さて、とにかく待つぞ」

「それまでどうするの」

「俺と一緒にいろ。逃げようなんて考えは無駄だからな」

瑠美が逃走を企てるのと同じように、リキとしては逃走されないよう考えるのは当然か。

「逃げるなんて無理でしょ。それよりお昼ご飯は食べておきたいんだけど。どこか連れてってくれる?」

「それはできん。いつ間柴がアクションを起こすかわからないし、警察はあんたを捜しているだろう。隙を見て逃げ出すつもりかもしれんしな」

「ここで過ごせって?」

「こんなこともあろうかと、飯の用意はしてある」

リキは車の後部座席から白い紙箱を持ってきて掲げた。

「何なの?」

「ハッピーライフからここに来る途中で買った」

移動中、一度運転手が車を降りたのは把握していた。買い物をしていたのか。

「何を買ったの?」

「有名店のチョコレートケーキとチーズケーキ、そしてシュークリームだ。操から甘い物が好きだと聞いたんでな」

瑠美は昼食後に自席で甘い物をよく食べていた。勤務初日には、九鬼とその話で盛り上がった。それもリキに伝えていたのか。しかし――。

「確かに好物だから嬉《うれ》しいけれど……いい?　よく聞いて」

「何だ」

「それ、ご飯じゃなくて別腹だから」

最終章　協力者

1

　間柴の動きを待つべく、瑠美とリキはガレージで過ごした。

　ここは千葉県松戸《まつど》市の江戸川《えどがわ》沿いにある、今はもう廃業してしまった自動車工場らしい。周囲は田んぼが広がっており人目も少なく、隠れるのに最適だという。

　瑠美はぼやきながらも昼にケーキ二つとシュークリームを平らげ、ひたすら待ち続けた。椅子《いす》はガレージの端に倒れていたものを一脚、リキが持ってきてくれた。錆《さび》が浮いて革も破れていて座り心地はよくなかったけれど、立ちっぱなしよりはましだった。

　時折、リキのスマホに連絡が入った。部下が警察の動きを知らせているようだ。捜査状況がどうなっているか訊《き》いてみたが、教えてはくれなかった。間柴がどう動くかも、つかめていないようだった。

瑠美は腕時計を見た。午後四時過ぎ。ここへ来て六時間以上が経《た》つ。

「このまま明日まで過ごすつもり？　晩ご飯は用意してないんでしょ？」

「ない」

「ピザでも頼む？」

「そいつはいいな。が、それは最終手段だ」

「大袈裟《おおげさ》な言い方――」

「静かに」

リキの顔に緊張が走り、自分の口に人差し指を当てた。瑠美は耳を澄ました。何も聞こえない。

「裏か。車に乗れ。すぐに」

リキは助手席のドアを開け、瑠美を押し込むように乗車させた。車の右側面から十メートルほど離れたガレージの奥に、錆《さ》びたドアがある。リキは忍び足で向かい、ドアの脇《わき》で身をかがめた。誰《だれ》か来たのか。リキは待ち構えている。

瑠美がリキの姿を見守っていると、予想外の方向から音が聞こえた。車の前方。シャッターが一気に開けられる音――。

フロントガラスの先にスーツ姿の男が一人いて、片手に拳銃《けんじゅう》を構えている。ドアのほうにいると思わせて、シャッターのある正面に回り込んだか。リキは男の存在に気づいて立ち上がったが、距離がありすぎる。男が銃口をリキに向け、引き鉄《がね》に指を掛けた。

瑠美はフロントガラスを内側から思い切り叩《たた》いた。男は突然の音に驚いたのか、銃を瑠美のほうに向けた。撃たれる——と思ったが、瑠美を見た男は「女?」という口の動きをし、目を見開いた。直後、リキの足音が近づいてきて、男が後方に吹き飛んだ。リキの拳《こぶし》がもろに顔面に入っていた。男はガレージの外のアスファルトに倒れ込んだが、銃は放さずにリキを撃とうと腕を上げる。リキがその手に蹴《け》りを入れた。銃は男の手から弾《はじ》き飛ばされて、アスファルトの上を転がる。

リキは黙したまま、男の顔面を殴り続けた。瑠美は慌てて車から降りて、リキを止めに入った。こんなところで殺してしまっては困る。

「もう気を失ってるから。これ以上殴ったら死んじゃうよ」

瑠美はリキの太い腕を手で引いて制した。

「間柴の野郎。この手で来たか」

リキは男の銃を拾うとシャッターを閉め、裏手のドアに目を向けた。ほかには誰もいない。

「一人か。俺《おれ》もみくびられたもんだ」

「知ってる人?」

「初めて見る顔だ。面の割れていないやつを寄越《よこ》したんだろう。あんたの機転に助けられたな」

リキは銃を床に置き、瑠美を縛っていたロープをトランクから取り出した。男に近寄って腕を拘束すると、そのままガレージの柱まで引きずっていき、ロープでくくりつけた。男の顔半分くらいが腫《は》れて紫色になっている。

「どうしてここがわかったんだろう」

「間柴の用心深さは異常だ。有力な部下の車やバイクにGPSを潜ませたり、自宅に盗聴器を設置させたりしているという噂《うわさ》がある。俺の車にもやっていやがった」

「確認はしてなかったの？」

「定期的にしている。発見しづらいところに仕込まれていたようだ。どこだ……」

「これまでに確認した箇所は？」

「車内、ボンネット裏のエンジン周り、トランク、タイヤ、車体の下側、ガソリンのキャップまで調べた。これまでにそれらしい器機は見つかっていない」

「でも、ここを突き止めたってことは」

「どこかにGPSがあるはずだ」

「その人に訊けば？　今は無理だけど」

瑠美は柱の付け根で伸びている男に目を向けた。あらためて見ると、まだ若い。リキより年下だろう。

「口は割らんよ。間柴のほうが怖いからな。それに、こいつが設置場所まで知っているとは限らん」

リキは車の脇に立つと、手を触れながら車体の右半分を調べ始めた。

「あんたも手伝ってくれ」

すぐに見つかるような箇所であれば、今までにリキも調べているのではないか。

瑠美は少し遠くから車を眺めた。

「何をしている」

「ちょっと待って」

どこだ。リキが調べていない箇所。調べようとも思わない箇所。

「排気口の中は？」

「そこは見ていないな」

リキが排気口に指を入れて探る。

「ないな。もっと奥に仕込むのは構造上、厳しいだろう。浅い部分でも排ガスにまみれて器機が使いものにならなくなるはずだ」

瑠美は前方に回り込んだ。ＢＭＷのいかついフロントを視界におさめる。ふと、目が合った気がした。ヘッドライトか。瑠美はその怒ったような目の形をしたライトを見つめる。

「この中は？」

「ヘッドライトだと？　この車の場合、タイヤを外して内側から取り外さないといけないんだ」

「てことは、かなり大変な作業なの？」

「相当な。だからここも違うんじゃないか」

「だからこそ、じゃないの？　発見されたら意味がない。私だったら、調べようとも思わないところに仕込む。今、あなたは調べようとも思わなかった」

リキは下唇に歯をあて、ＢＭＷに視線を送っている。

「……なるほどな。やってみるか」

リキがガレージの中を見渡し、壁際に転がっているジャッキを持ってきた。

「かなり錆びているが、これを使うしかない」

ここは自動車工場のガレージだ。床には状態の悪いスパナやネジといった工具や機具が放置されている。リキはジャッキを車のフロント下に潜《もぐ》り込ませると、こちら側に飛び出ているレバーを上から思い切り押した。が、レバーの位置は変わらない。

「かたいな。もう一度」

リキが全体重をかけるようにして押し込むが、頑として動かない。瑠美はほかにジャッキがないか見回したものの、これしかなかった。

「あんたも頼む」

レバーを押し込んでいるリキの腕の手前をつかみ、瑠美も体重をのせて全力で押した。一回、二回、三回……力を込める。がこんという音とともに急に支えがなくなり、瑠美は床に転がった。レバーが折れた？　瑠美が床からジャッキを見上げると、レバーが下を向いてジャッキが上がっていた。

「うまくいった？」

「ああ。この動きを繰り返しできるかどうか」

額に汗をかいているリキがレバーをつかみ、上に引く。何とか上下運動できるようだ。BMWのフロント部分が徐々に押し上げられ、タイヤが床から離れていく。

「ようし、こんなもんか」

リキはBMWのトランクから工具入れを持ってきて、右側のタイヤを外しにかかった。タイヤ交換には慣れているようで、手早くタイヤを取り外す。

「車、結構好きなんでな」

車好きが皆タイヤを外すのに慣れているのかわからなかったけれど、リキはドライバーを手にして、タイヤのあった空間に上半身を突っ込んだ。

「ヘッドライトを裏側から取り外す。さすがに俺も作業した経験はないが」

リキの背中を見ながら、瑠美は裏手にあるドアに目を向けた。今なら逃げられるかもしれない。瑠美は一歩、ドアのほうに足をずらした。リキは気づいていない。リキの体が少し奥に入った。

今だ。

足を踏み出そうとしたその時、「取れた」というリキの声がした。瑠美は咄嗟《とっさ》に足の位置を戻す。ヘッドライトはもうひとつある。GPSが見つからなければ、リキはそちらも調べるはずだ。車の左側はドアからさらに遠くなるし、車体が死角になる。逃げるとしたら、その時だ。

リキはヘッドライトの部品を入念に確かめている。こちら側にGPSはない。瑠美は強く念じた。

「ん……これか？」

瑠美の願いは叶《かな》えられなかった。リキが小型の黒い器機を指につまんでいる。

「明らかに車の部品とは異なっている。見つけたぞ」

リキが笑いながら瑠美に器機を見せた。仕方がない。瑠美は「どれどれ」と言いながらその器機を受け取った。平らな四角形をしており、接着面がある。これをヘッドライトの裏側に貼《は》りつけていたようだ。

「たぶん、これだね。スマホで調べてみたら？」

リキがスマホを取り出し、器機を撮影した。画像さえあれば、その画像を元にそれが何なのか、アプリで検索できる。

「間違いない。小型ＧＰＳだ。市販されているもののようだな」

リキがスマホの画面を見せた。目の前にある器機とほとんど同じような形をした小型ＧＰＳがいくつも並んでいる。

「あの野郎、いつの間にこんな手の込んだことを。大方、俺が寝ている時だろうが……」

リキが手を差し出してきた。瑠美がＧＰＳを返すと、リキはガレージの隅に置いた。

「俺はずっとこのガレージにいるってわけだ」

破壊すればＧＰＳを発見したことが露見してしまう。リキは居場所を変えていないと間柴に誤認させるため、ここに置いておくようだ。

リキはヘッドライトを元の状態に戻し、タイヤを取りつける。外す時より慣れた手つきで、瑠美が逃げる隙は生じなかった。リキがジャッキを下ろして脇によけたのを見て、瑠美は訊《たず》ねた。

「これからどうするの？」

「いろいろと、いい口実ができた。こちらから間柴の事務所に乗り込む」

「ええっ。大丈夫なの？」

「間柴の狙《ねら》いはわかったんだ。それを持ち出せば、あいつも俺の話を聞かざるをえないだろう」

「まあ、任せるけど……。あの人はどうするの？」

男は依然、気を失っている。先ほど床に置いた男の銃をリキが拾い上げた。

「今は夕方五時半か」

リキは腕時計を確認し、男に歩み寄った。屈《かが》んで男の頬《ほお》を平手で幾度か叩く。男が呻《うめ》き声をあげながら弱々しく目を開けた。

「なんだ……？　あっ、これは……」

男は腕が動かないのに気づき、状況を覚《さと》ったようだ。口の中が切れているのか、声が籠《こ》もっている。

「よう。残念だったな。おまえさんにひとつ訊きたい。間柴は今、どこにいる？」

男は憎らしげな目して、リキから視線を切った。言わないつもりらしい。

「これ以上、手荒な真似《まね》はしたくないんだけどな」

リキは銃を男の顎《あご》にあてた。男は口を閉ざしたまま硬直している。額や首筋から大量の汗が流れ始めた。

「顎を撃ったら喋《しゃべ》れねえな。鼻でも吹き飛ばすか？」

リキは男の鼻下に銃口を移動させ、鼻を下から撃つような姿勢をとった。

「や、やめろ」

「おまえさんの立場もあるだろう。どこにいるかという問いは、やめておいてやる。イエスなら頷《うなず》け。いいか？」

男はしばらく黙っていたが、やがて小さく頷いた。

「間柴は俺を殺そうとしたのか」

男が頷く。

「間柴は今、事務所にいるのか」

再びの頷き。

「あいつ、事務所を定期的に変えているよな？　俺が当ててやる。今は上野の……東口近くにある雑居ビルの二階だろ？」

男はなぜ知っているんだという目を一瞬作ったが、ゆっくりと首肯した。

「よし。上野に行くぞ。おまえさんはここで待ってろ。ＧＰＳは置いていくから、そのうち仲間の誰かが見つけてくれるはずだ」

「あれを……ここで発見したのか」

男が信じられないというように、腫れた瞼《まぶた》を押し上げる。

「この女の手柄だ」

「わざわざ言わなくていいから」

瑠美はリキの腕を軽くはたいた。

「ところで、おまえさん。どうして間柴が女を集めているのか知っているか？」

「知らない。俺はまだ間柴さんに認められて日が浅いんだ」

「ますます俺をみくびってるな。どうせ俺を殺せば組長たちに紹介してやるとか言われたんだろ。それなのにいきなり失敗させてしまい、おまえさんには悪いことをしたな。文句は俺を舐《な》めた間柴に言ってくれ。じゃあな」

リキは男の肩をぽんと叩いて立ち上がった。自分を殺そうとした男に対して、屈託のない調子で接している。若衆の中で一目置かれる存在だけに、それだけの度量はあるようだ。

「行くぞ」

リキが車の脇に立った。助手席のドアを開けて瑠美をシートに座らせると、奪った銃をグローブボックスに放《ほう》り込んだ。リキはドアを閉め、ガレージのシャッターを上げた。フロントガラスを通して夕日が見える。

リキが運転席に乗り込む。

「ドアロックの解除は運転席からしかできない設定にしてある」

逃走を危惧《きぐ》してか、ハンドルを握るやリキは言った。

「もう逃げる気なんてないから」

「どうだかな」

リキはにやりと笑うと、いったん車を出してから、シャッターを再び閉めて戻ってきた。

「向かうは上野だ」

リキがアクセルを踏み込んだ。二人を乗せた車は、空を橙《だいだい》色に染め上げている太陽に吸い寄せられるように加速していった。

2

瑠美とリキが上野に着いたのは、午後六時半を少しまわった頃《ころ》だった。

上野駅の東側、ビルやマンションが建ち並ぶ一角にある駐車場にＢＭＷを駐《と》めた。そこから歩いてすぐだという。

成否は間柴の出方とリキにかかっている。自分は成り行きに任せるしかないが、にわかに緊迫感が増してくる。

「ここの二階だ」

リキが立ち止まったのは五階建ての雑居ビルの前だった。ビルの入居表示の二階に、空白のプレートがある。

「先に行け」

最後の最後まで逃走を懸念してか、リキは瑠美を促した。リキが先頭を行けば逃げられる可能性はあったのだが、それも潰《つい》えた。瑠美は階段に足をかけた。一歩上がるたびに、心臓の鼓動が大きくなってくる。磨《す》りガラスの入った白っぽいドアの前に辿《たど》り着くと、背後からリキが腕を伸ばしてドアを開けた。

部屋を入ってすぐのところに、鶯《うぐいす》色のスーツを着たパンチパーマのいかつい男が立っていて、リキに気づくや血相を変えた。

「菊川じゃねえか。おまえ、どうしてここに」

リキは瑠美の腕を手に取り、ともに室内に入った。

「それは間柴さんがよくわかってるんじゃねえのか」

パンチパーマは渋面を露《あら》わにしたが、すぐに瑠美に気づいて訊いた。

「その女は？」

「間柴さんにだ」

「なるほどな。ちょっと確認させろ」

男がリキの体に両手をあて、ボディチェックをする。

「武器は持っていないな。そこの女もだ」

男が瑠美のスーツの上から下まで、手を這《は》わせて確認する。何かされるかと思ったが、事務的な調子でボディチェックを済ませた。

「何もないな。少し待て」

パンチパーマは奥にある別の部屋のドアをノックしてから室内に消えた。木製の重厚そうなドアで、中に鉄板でも入っていそうな質感だ。

こちらのスペースは間柴の腹心たちの待機室のようだ。コの字型に並べられた黒いソファには見るからに柄の悪そうな男たちがスマホを眺めたり、雑誌を広げたりしていたが、予期せぬリキの来訪に皆が立ち上がる。

男の数はパンチパーマを入れて五人。男たちの目がリキと瑠美に注がれる。まとわりつくような不快な視線を感じた。

ドアが開き、パンチパーマが「来い」と呼んだ。瑠美はリキに伴われて奥の部屋に入った。

「失礼します」

リキが頭を下げながら入っていく。その背中に隠れるようにして、瑠美も部屋に足を踏み入れた。パンチパーマが部屋を出ていき、ドアの閉められる音がした。次にドアが開く時、自分とリキはどうなっているのだろうか。

間柴の部屋の中央にはベージュの革張りのソファが向き合って配置され、その間に大ぶりの灰皿が載った木製テーブルが置いてある。視線を奥に向けると、一際大きな黒塗りの机が鎮座しており、壁には竜新会の「竜」が刺繍《ししゅう》された幕が掲げられていた。

その幕の前に男が一人。

凪《な》いでいるが、殺気に満ちた目――。

見た瞬間、瑠美はそう感じた。

間柴は四十前後の痩《や》せぎすな体格で、尖《とが》った鼻と細い顎によって顔全体が鋭角に見える。

落ちくぼんだ目の奥から放たれる眼光は一見静かな雰囲気だが、獲物《えもの》を前にして息をひそめている猛獣のような印象を抱いた。濃紺の生地に白いストライプの入ったスーツが、体型に完璧《かんぺき》にフィットしている。

左右には黒いスーツをまとった頑強そうな男たちが一人ずつ並んでいるが、間柴に比べると影は薄い。彼らの存在には最後に気づいたくらいだ。

リキはこんな男を殺そうとしているのか。

瑠美の足下から冷気が這い上がってくる。これまで数々の悪人を見てきたが、間柴はトップクラスに君臨するといっていい。

「生きてここに来るとはな。失敗しやがったか？」

間柴がリキに問うた。酒焼けしているような潰《つぶ》れた声だ。リキは立ったまま答えた。

「あんな鉄砲玉を寄越《よこ》されては、成功するほうが難しいですよ。それもたった一人」

「わかってねえな。大人数を動員なんかしたら、俺の沽券《こけん》に関《かか》わるだろ」

「まあ、そうですね。しかしあれで間柴さんの考えがわかった。まずは謝罪をさせてください。申し訳ありません」

リキが深々と頭を下げる。

「何をしに来た」

間柴が尖った声で訊くと、リキは頭を上げて答えた。

「間柴さん直々に……俺に落とし前をつけてください」

「致命的なミスをしたという認識はあるようだな。GPSも見つけたか」

「ヘッドライトの中とは思いませんでしたよ」

「だろ？　それにしても、どうして今の事務所がここだとわかった？　あの馬鹿が口を割ったか」

「俺はもともと知っていました」

「てめえの情報網も馬鹿にはできねえってことか。俺の管理もまだまだ甘いな。で、その女は？」

間柴が視線を瑠美にわずかに向けた。

「使える女です。間柴さんにご紹介したく」

「使えるかどうかは俺が判断する。それよりもリキよ。早速、落とし前をつけるぞ」

「その前に事情を説明させてください」

「てめえなあ。俺は昼間、おやじたちへの釈明で大忙しだったんだ。怒鳴り声を浴びながら思ったよ。俺は何してんだ？　どうしておやじたちは俺を怒る？　どうして俺が他人のケツ拭《ふ》かなきゃいけねえんだ？　ってな。俺の気持ち、わかるだろ？」

間柴がリキを詰問した。落ち着いているが怒りの籠もった声色だ。

「自分も寝耳に水だったんです。所長の大比良に問題があり、このような事態を招いてしまいました」

「大比良が何をした？」

「隠れて利用者を虐待していたようです」

リキが理由を偽るが、瑠美は無反応を貫く。

「何だと。九鬼が監視していただろ」

「男子トイレが現場かと」

「ふざけたやつだ。虐待された利用者が警察にタレ込んだのか」

「自分はそのように見ています」

間柴は腕を組み、ほとんど瞬《まばた》きをせずにリキを凝視している。

「大比良はムショ送りだろう。いつになるかわからんが、出所し次第、殺すぞ」

「承知しました」

間柴は一切の躊躇《ちゅうちょ》なく、大比良の抹殺を宣告した。リキは本心ではないはずだが、すぐに返事をした。瑠美は二人の会話をただ聞き続ける。

「大比良の件は片づいた。次に、タレ込んだ利用者だ。誰だ？」

「調査中です」

「今まで何をしていたんだ。そいつを連れてくるのが筋ってもんだろうが」

間柴が腕を解き、机に拳を叩き下ろした。室内が軽く揺れた気がした。

「俺もそうしようとしましたが、今日はまだ警察の目が施設に向いていましたから、探るのは非常に困難でした」

「警察か。まあ、一理ある。わかった。そいつは明日にでも見つけさせる」

間柴は激高したように見えたが冷静な口調で応じた。

「最後におまえだ、リキ」

ここだ。ここからの間柴の出方ですべてが決まる。

「ハッピーライフの実質的な管理を任せる時、おまえに何と命じた？」

「問題を起こすなと」

「よく覚えてるじゃねえか。なのに、何だこれは。愚か者がよ！」

間柴が叫びながら立ち上がり、リキに歩み寄る。間柴は存外にも上背があり、体の大きなリキとさほど変わりない。

どうするのかと思っていると、間柴は左手でリキの髪をつかんで引いた。リキが前屈みになったところで右足を勢いよく蹴り込んだ。間柴の右膝《みぎひざ》がリキの左肩に直撃する。リキはカウンターを食らった形になり、反り返った。その瞬間、間柴が髪を放す。リキは反動をつけたまま、後ろに倒れ込んだ。

間柴は無言でリキに蹴りを繰り出し続けた。頭、肩、背中、腹、脚……体のすべての部位に満遍なく蹴りを食らわせていく。

リキは為《な》す術《すべ》もなく、暴力にさらされ続ける。

間柴がリキを踏みつけ、またすぐに蹴り上げた。リキはのけぞり、歯を食いしばっている。間柴は踏みつけては蹴り、踏みつけては蹴りという動作を繰り返す。

その光景を、瑠美はじっと見つめていた。

リキが「使える女です」と瑠美を紹介した時、間柴は「使えるかどうかは俺が判断する」と言った。その言葉どおり、間柴が自分を観察しているかもしれないからだ。

間柴が瑠美を気に入ったとしても、リキが殺されてしまえば計画は水泡に帰す。ただ、ここで止めに入るのが得策とは思えなかった。これでも間柴は手加減しているかもしれない。それがわからない以上、下手に動かないほうがいい。リキに罰を与えながら、瑠美の反応も試していると考えるべきだ。だから、表情を変えてはいけない。リキは罰を受けて当然だ。そういう心境で吹き荒れる暴力を見つめ続けた。

間柴が動きを止めた。

あれだけの蹴りを放ったにもかかわらず、間柴の息は乱れていない。間柴は冷ややかな目でリキを見下ろすと、唾《つば》を吐き捨てた。うずくまっているリキの背中に、泡の多い唾液《だえき》が降りかかる。

リキは息も絶え絶えに見えた。額や首から血がにじみ出て、頬や手の甲に内出血の痕《あと》が浮かんでいる。左の瞼《まぶた》と下唇も腫れていた。

　リキが弱々しい動きで首を持ち上げた。瑠美と視線が合う。瑠美ははっとした。リキの目にはまだ力があるように思えたからだ。

　突然、肩を抱かれた。

「姉ちゃん、動じねえんだな。どう思う？」

間柴が瑠美の肩に腕を回して訊ねてきた。

「何が」

「まだ足りねえか？」

試されている。そう感じた。瑠美は意識して口の端を少し上げてから答えた。

「それはあなたが判断するんじゃなくて？」

瑠美の切り返しに、間柴は楽しそうに笑った。

「はっは。いいねえ。おい、リキ。この姉ちゃんに免じて、俺がおやじたちに叱責《しっせき》された分の落とし前は、ここまでにしておいてやる。次にハッピーライフをオシャカにした落とし前だ。今度はすぐ済むからよ」

間柴は瑠美の肩から手を離すと、リキの脇でしゃがみ込んだ。スーツの懐《ふところ》から拳銃を取り出し、眼下にあるリキの右手の甲に銃口をあてた。

　まさか、ここで？

「おっと危ねえな。ついつい、いつもの癖でよ。こんなところで銃声がしちゃあ、後々面倒だ。てめえ、それも読んで事務所に乗り込んで来たな？　さすがだよ」

間柴は銃を懐に仕舞うと、やおらリキの右手の人差し指をつかみ、一息に逆方向へねじ曲げた。

「ぐあっ」

鈍い音がして、リキが叫び声をあげる。指の骨を折ったのだ。瑠美を見上げたのはリキではなく、間柴だった。

「顔色ひとつ変えねえんだな。判断は俺に任せるだ？　そのくせ落とし前は当然という目をしていやがる。ますます気に入ったぞ」

立ち上がった間柴は最後にひとつ、リキの背中に蹴りを与えた。リキが小さく唸《うな》る。

「本来は死んでいるところだったんだ。指一本で済んでよかったな。この姉ちゃんに感謝しろよ。そうだ。タレ込んだ利用者、おまえが明日までに連れてこい。そしたら許してやる。指一本くらいのハンデがあったほうが、やる気が出るだろ？　ほら、すぐに裏切り者捜しを始めないと間に合わねえぞ。急げ、急げ」

間柴は笑いながら瑠美に近寄り、再び肩に手を掛けてきた。

「こいつはもらっていくぞ。おう、姉ちゃん。俺と来い」

間柴が場所を変える。ここまではリキの計画に沿っている。間柴は女を集めていると言っていた。そこに連れていかれるのだろうか。

リキは折られた指を押さえて呻《うめ》きながら丸まっている。その様子を見守ることすら許さぬように、間柴は強引に瑠美を歩かせ、部屋から出ていく。見送りのためか、間柴の左右に立っていた男たちもついてきた。

部屋を出ると部下たちが一斉に立ち上がり、深々と礼をする。間柴は彼らには一瞥《いちべつ》すら与えない。間柴の部屋にいた男の一人がドアを開けた。間柴は瑠美の肩を抱いたまま階段を下りていく。ドアを開けた男も瑠美たちのあとに続いた。一人は護衛につくつもりなのだろう。

リキが気になるが、そうしたそぶりを少しでも見せてはいけない。

振り返りたい衝動を必死に抑え、瑠美はあえて間柴に寄りかかるようにして歩いていった。

3

瑠美は間柴に連れられて、ビルのすぐ裏にある駐車場に足を踏み入れた。

リキが駐めたのとは別の駐車場だ。黒いベンツの左後部座席のドアを護衛が開ける。

「乗れ」

間柴が瑠美の肩を叩く。瑠美は座席の奥に座った。すぐ前の運転席に人がいるのに気づいた。暗くてよく見えないが、運転手か。間柴がすぐ横に乗り込んでくる。護衛はドアを閉めてから助手席に乗った。

「Eへ行け」

間柴が運転手に命じる。運転手は頷き、白っぽい手袋をした手でギアとハンドルを操作して車を発進させた。

間柴は女を集める場所を複数持っているのだろうか。リキは間柴を慎重な男だと言っていた。場所をアルファベットの符牒《ふちょう》に変えていたから、こうした面を指しているのだろう。

「どこへ行くの?」

「何だ、ビビってるのか」

「Eってどういう意味なのか、気になっただけ」

「着けばわかる」

「でも――」

「うるせえな。黙ってついてくりゃいいんだよ」

間柴は瑠美の肩を抱いて、ぐっと引き寄せた。右肩に間柴の右手の熱を感じる。間柴の体から甘ったるい香りが漂ってきて、噎《む》せ返りそうになった。

女を集めている場所……怪しげな店とか、マンションの一室とか、そういうところなのだろうか。

間柴のスーツの懐から、黒いものが覗《のぞ》いているのが見えた。拳銃のグリップだ。連れていかれる先がどこであれ、これを使わせたくはない。

リキはどうなったのだろう。あの後すぐに立ち上がり、この車を追ってきてくれているだろうか。いや、無理ではないか。全身を蹴られて傷だらけになり、右手の人差し指を折られ……まともに動けるとは思えない。殺されなかっただけましだ。

いざとなれば自力で間柴から逃れるしかない。間柴は銃を所持している。護衛と運転手もいる。彼らも武器を持っている可能性は高い。三人もの男を相手にして、逃げ切る方法なんてあるのか。間柴の腕に肩を抱かれたまま、流れゆくネオンや対向車のライトを眺めながらそれだけを考え続けた。

一時間ほどして着いたのは、多摩川《たまがわ》沿いにある廃工場だった。こんなところに女を集めているのだろうか。塗装が剝《は》げ落ちた看板がある。金属加工という文字は判読できるが、肝心な会社名が消えていて読めない。

ここに至るまで良案は浮かばなかった。出たとこ勝負でいくしかない。

車が停まり、護衛の男が後部座席のドアを開けた。間柴、瑠美の順に降りる。

「二時間ほど流して、戻ってこい」

間柴が運転手に命じた。

「俺はここにはいない。車で移動中だ」

間柴は居場所を探られるのを嫌っているらしい。車に乗っていると見せかけるため、いったんこの場から車を去らせるのか。護衛がドアを閉めると車は静かに動きだし、すぐに見えなくなった。これで一人減ったが、二時間後に戻ってくる。それまでに逃げ出したい。

「おまえはここで見張ってろ」

間柴が護衛に命じると、彼は直立不動のまま「はい」と応じた。護衛がここに残るのなら、さらに一人減。間柴だけなら、何とかできないだろうか。

周囲は闇《やみ》に塗られている。間柴がスーツのポケットからスマホを取り出して照らし、鍵《かぎ》を手にして施錠を解いた。

「ドアを開けろ」

瑠美がドアノブを捻《ひね》ると、軋《きし》んだ音がして手前に開いた。

「まっすぐ歩け」

瑠美は先に歩かされ、暗い通路をゆっくりと歩いていく。

事務室のような部屋の前で立ち止まる。瑠美がドアを開けると、間柴はスイッチを入れた。室内の電灯が弱々しい光を放つ。ここには電気が来ている。

「そこだ。入れ」

「座れ」

ドアを閉めた間柴が、瑠美を木製の椅子に座らせる。椅子は比較的新しく、後で持ち込んだもののようだ。椅子が四脚と正方形のテーブルがひとつ。壁のほうに事務机があり、パソコンのような器機とモニターが置いてある。壁から数本の配管が剝《む》き出しになり、何本も床に伸びていた。

間柴が瑠美の隣の椅子に腰を下ろした。

「さあて。女、おまえはリキの何なんだ」

「何って……ハッピーライフで雇ってもらっていただけ」

事務所での反応から気の強い女が好きそうだと思い、丁寧な言葉遣いはしないようにしていた。やはり間柴は気にしていないように問いかける。

「ハッピーライフの利用者どもにやらせていた仕事もしたのか？」

「覚醒剤《かくせいざい》取引の監視と、詐欺の受け子を何度もやった」

「ほう、やるな。しかし、なぜリキは大比良ではなく、おまえだけを連れて逃げたんだ？」

「知らない。間柴さんに紹介したかったんでしょ。しくじった代償として所長を見捨てて私を差し出したんだ。許せない」

瑠美はリキを非難した。警察の協力者だと知られるわけにはいかない。今はリキに責任を負わせるしかない。

「まあ、筋は通るな。大比良もよくやってはいたが、あいつの虐待癖は病気みたいなもんだ。だがこれで二度目になる。出所したら命をもって責任をとってもらう。あれは三年前か。あん時は施設の利用者を殺しちまって、後始末が大変だったんだ」

大比良が利用者を虐待の末に殺したというのは、リキから聞いている。その過ちを再び犯さないよう、本部から九鬼が送り込まれていたということも。

「所長をしていたのに、利用者を殺したの？」

初めて知ったというふうに訊き返した。

「ああ」

「馬鹿な人だね」

間柴は「まったくだ」と鼻で笑って続けた。

「あいつは施設の所長が関の山ってやつだ。代わりはいくらでもいる」

「私に任せてくれてもいいけど？」

「そりゃいい。が、おまえには頼みたい仕事がある」

「仕事？」

「立て」

間柴が命じた。瑠美はその場に立った。間柴の視線が瑠美の頭頂部から足先まで、舐めるように往復する。品定めされているような、気色の悪い感覚が肌に生じてきた。

「くっきりした目鼻立ち、肉感のある唇、申し分のないスタイル。ここ最近じゃ、群を抜いた上玉だ。即戦力だな」

「どんな仕事？」

間柴の言い方から、よからぬ想像を抱きながら瑠美は訊いた。

「俺の兵隊になれ」

「兵隊……？」

予想外の言葉に、瑠美は鸚鵡《おうむ》返《がえ》しをする。

「おまえはハニートラップを仕掛ける兵士になるんだ」

間柴が女を集めている理由――。間柴の私兵として相手方を籠絡《ろうらく》するために、女たちを利用していたのだ。言い知れぬ嫌悪感が瑠美の心の奥底から沸き立ってくる。

「それって……」

「俺が指定したターゲットに近づき、おまえの色香で落とすんだ。そいつから情報を引っこ抜いて俺に流せ。惚《ほ》れさせてしまえば、何でも喋る。体を使ったスパイみたいなもんだ」

瑠美は両手の拳を握った。醜く歪《ゆが》められた潜入調査の形を突きつけられた気がした。間柴に命じられ、そんな手を使ってでも生きていかなければならない者たちがいる。間柴のもとに集められた女たちと、自分が重なって見えた。

「間柴さんは近々海外に行くって、リキから聞いたけど。私は日本に残るの？」

「リキめ、口の軽いやつだ。心配するな。兵隊は全員連れていく。おまえもだ」

やはり間柴が海外に送り込まれるのは既定路線のようだ。このままでは女性たちも連れていかれてしまう。

瑠美が黙っていると、間柴は立ち上がった。

「容姿のテストは満点だ。あとは実技だな。それは俺が直々に確かめるしかない」

間柴が手を伸ばし、瑠美の顎に指を掛けた。

「その前に名を聞かねえとな。名前は？」

瑠美は一瞬迷ったが名乗った。

「伊藤……瑠美」

「瑠美か。おい、瑠美。こっちへ来い」

間柴が瑠美の腰に手をまわしてくる。身を躱《かわ》すことはできたが、瑠美は耐えた。間柴は拳銃を持っている。合気道の心得があるからといって、むやみに抗《あらが》って間柴を刺激するわけにはいかない。それに合気道は積極的に攻撃するのではなく、相手の力を利用して倒す武道だ。銃の前では勝ち目はない。

「いいぞ。もっと近くに」

間柴が瑠美を抱き寄せた瞬間、部屋に警告音のような音が鳴り響いた。

「何だ？」

間柴が瑠美を押し放ち、壁際に置いてあるモニターの画面をつけた。赤外線カメラを使っているようで、外の様子がモノクロで映る。

「あいつ……あの怪我《けが》でよくここまで辿《たど》り着いたものだ。すぐに裏切り者を捜せと命じたのに、ここへ来るとは……。護衛もやりやがったか？　なるほどな」

間柴が床に唾を吐いて振り返る。モニターには足を引きずっているリキの姿が映っていた。

来てくれたんだ――。

胸に熱いものがこみ上げるが、リキの姿を間柴に気づかれてしまった。侵入者を警戒して、警報つきの監視カメラを設置していたのか。瑠美の品定めのために連れてきたようだが、本来ここは商談などにも使う場所なのかもしれない。

このままではリキは待ち伏せされ、今度こそ銃で殺されてしまう。

「GPSを仕込まれていないか」

「知らないよ」

間柴が瑠美の肩口から足下にかけ、手をはたいてチェックする。

「スーツのポケットも見せろ」

間柴がポケットに手を突っ込んだ。出てきたのは白いハンカチだけだった。

「それらしい器機はないな」

間柴がハンカチをその場に投げ捨てる。

「スマホは持ってないのか」

「急にリキに連れ出されたから、施設に置いたまま」

「そうか」

間柴は事務机の引き出しに入れてあった道具箱からロープを手に取った。あれでリキを捕縛するつもりか。ところが間柴は瑠美の背後に素早く回り込んだ。瑠美の肩を上から押して力尽《ちからず》くで椅子に座らせると、ロープを体に巻きつけた。抵抗する間もなく、腕を後ろに回されて拘束される。リキを縛ると思い込んだぶん、体の反応が遅れてしまった。

「ちょっと、どうして私を」

「ガサ入れがあったんだ。当事者として、事件のニュースが気になるものだろうが。なのにおまえは車の中でスマホを取り出すそぶりすら見せなかった」

「リキに拉致《らち》まがいの方法で連れ去られたんだよ。スマホは席に置いたままだったの。本当だから。仮に持っていたとしても車の中で緊張してたし、そんな余裕はなかった」

「いや、どうも怪しい。故意に置いてきたんじゃないのか。そのスマホに警察を利する情報が入っていたんじゃないのか。おまえ、サツか……潜入捜査官か？」

間柴がドスの利いた声で訊いた。

「私はあなたたちの犯罪に手を貸してきたんだよ。そんなわけがない」

瑠美は首を左右に振って否定する。

「リキはおまえを助けに来たようだ。あいつはこの場所を知らない。どんな手を使って伝えたのかはわからんが、おまえとリキは関係している。あいつがここへ来たことが何よりの証拠だ。リキの野郎、俺を裏切ってやがったか」

瑠美は唇を噛《か》んで俯《うつむ》いた。

「まあいい。生きていたら、後で吐かせてやる。そろそろ来る頃だな」

間柴は懐から拳銃を取り出し、ドアのほうへ向けた。

ドアノブが回り始める。その瞬間、間柴が撃った。ドア脇の壁に小さな穴が穿《うが》たれる。ドアがゆっくりと開き、左手で拳銃を構えたリキが現れた。あの銃はガレージに来てリキを襲った男のものか。リキは発砲音と縛られた瑠美を見て状況を覚ったようで、銃を足下に投げた。

「よく来たな。俺の護衛はどうした」

「片手で充分だ。落ちていたケーブルを巻いて転がしておいた」

「使えねえやつだな。が、ここまでだ。そこの配管の前に座れ」

リキは壁から床に伸びている配管の前で胡座《あぐら》をかいた。間柴はリキの両腕を背後に回してロープで配管に縛りつける。

「残念だったな。こいつは没収するぞ」

リキの体を探った間柴が、もう一丁の銃を手にしていた。リキは背中側のベルトの裏に自分の銃を隠し持っていたようだ。リキがわずかに悔しそうな顔をする。間柴はリキの銃を事務机に置くと、瑠美とリキの間に立った。

間柴が二人を交互に眺める。その目が爛々《らんらん》とした妖《あや》しい光を放ち始めた。

「俺にとって、またとない条件が揃《そろ》った」

条件？　間柴は何を言っている？

真意がつかめない瑠美に、間柴はとろけそうな笑みを浮かべた。

「吐かせるのは一人でいい。どっちだ？」

瑠美の心臓がひとつ跳ねた。何、この感じ――。

その違和感の正体は即座に明かされた。

「どちらかが死ねば片方は生かしてやる。どっちがいい？　さあ、選べ」

瑠美は目を見開き、間柴の顔を凝視した。脳の底でたゆたっていた記憶が一気に引き上げられる。瑠美と彩矢香に選択を迫った、あの男の言葉が鮮やかに蘇《よみがえ》った。

この男……あの時の……。

あれから十五年が経ち、男の人相や声は変わっている。面影があるのかどうかはわからない。でも、この言葉は間違いない。一文字たりとも違わない。

あの男だ。ついに見つけた。

十二年……。信じてひた走ってきたこの裏側の世界に、あいつはいた。

彩矢香、見つけたよ。

「俺を殺せ」

リキが間柴を睨《にら》みつけながら口を開いた。

「待って」

私はもう、ためらわない――。

「リキのほうが早かったぞ。間に合わなかったな」

「違うの」

「ん?」

「私にリキを殺させて」

「ほう! そういう意味の『待って』か。どういう了見だ?」

「私が警官じゃないって証明したいの。もしそうなら、人を殺すはずがない」

銃だ。今、間柴を圧倒的優位にしているのは銃の存在だ。それを手に入れれば形勢は逆転する。リキは殺させない。私も死なない。そのためには、ためらいなく演じられる。

あの時――十五年前のあの時、二人ともが生き延びる道があったんじゃないかと、今でも思う。その道をこれから実現する。そう、生きるために私はもう、ためらわない――。

「おまえに引き鉄が引けるのか?」

「馬鹿にしないで。裏切り者には死を、でしょ?」

間柴はにたりと笑い、銃をリキのほうへ向けた。リキは何を思っているのか、ただ黙って下を向いている。

「ここだ。こめかみでいい。ただし苦しみを与えたいのなら、手や足、肩にでも撃ってからにしろ」

間柴が銃を懐におさめ、近づいてくる。瑠美のすぐ前で立ち止まり、見下ろしてきた。瑠美は間柴の目を見返す。間柴はまだ信じていない。あの瞳《ひとみ》の中にある疑念を晴らす。私はあなたに従う。必ずリキを殺す。強い意志を込めて間柴の目を見続けた。

その意志が届いたのか、間柴は大きく頷いた。

「本気のようだな。よし、やってみろ。ただし解くのは手だけだ。俺はおまえの真後ろに立っているから、俺を撃とうとしても無駄だぞ。しっかりリキを狙えよ」

間柴が背後に回り、腕を縛っているロープを解きにかかる。

瑠美は心の内で舌を打った。読まれていた。体を拘束された状態で真後ろに立たれてしまえば、間柴に銃を向けられない。脅して言うことをきかせようとしたのだが、こうなったら無理にでも撃つしかない。体を捻って撃てば不可能ではないだろう。しかし、そういう挙動をとった瞬間、間柴は瑠美の首を絞めるなりして動きを封じるはず。そのまま首の骨を折られてしまうかもしれない。真後ろにいる間柴を撃つ方法……それはひとつしかない。

自分の腹を撃つ——。

慎重な間柴は、屈んだ姿勢で銃を渡してくる可能性が高い。受け取った直後に瑠美が自身の腹部を撃つ。貫通した弾丸は間柴の頭部周辺に命中するはずだ。ロープに銃を押しあてて発砲すれば、ロープがちぎれて体も自由になる。撃つ時は自分の体が死角になって、間柴からはきっと見えない。仮に間柴が少し立ち上がっても、首から下、胸や腹部にあたるだろう。最悪間柴は死んでしまうかもしれないが、今の状況を打破するにはやむをえない。

けれど、そんな芸当ができる？　本当に弾は貫通する？　自分も死ぬかもしれない恐怖や、激痛の恐怖に打ち克《か》てる？

いや、できる。二人が生き延びる方法はこれ以外ないのだから。

瑠美が覚悟を決めたその時だった。ロープを解《ほど》く間柴の手が止まった。

「瑠美よ。おまえは本当に俺好みのいい女だ。だがな、そうであるが故に、おまえの狙いは悲しいほど俺にはわかる。おまえ、自分の腹を撃ち抜いて俺を殺《や》るつもりだろう？」

間柴の問いかけに顔を上げたのはリキだった。瑠美は企《たくら》みが見抜かれたと伝えるため、リキに弱い笑みを向けた。すべてを理解したようにリキが小さく顎を引く。

あの事件から十五年。間柴は暴力団という苛烈《かれつ》を極める世界でのし上がってきたのだ。

瑠美が捜している間、この男は想像を絶するほどの犯罪を重ね、生き抜いてきた。この状況下でそんな男に敵《かな》うはずがない。私は、もう——。

「だったら、私を殺して」

こうするしかない。ここでリキを見殺しにしたら、あの時と同じだ。間柴は約束どおり片方を生かした。リキは助かるはずだ。自分が死んでもリキが何とかしてくれる。それに賭《か》けるしかない。ここまでやって死んだのなら、彩矢香も許してくれるはず。そうでしょう？

しかし、その決意を打ち払うようにリキが大声を発した。

「あんたを殺させはしない」

続くリキの告白に、瑠美は心を激しく衝《つ》かれた。

「俺の大切な人も、十五年前に同じ選択を迫られてこいつに殺されたんだ。まだ中学一年生だった彼女は、姉の命を助けるために死んだ。俺はそれ以来ずっと、こいつへの復讐《ふくしゅう》だけを考えて生きてきた」

瑠美はリキの双眸《そうぼう》を見つめた。リキの言う大切な人というのは……彩矢香……？

あの事件後、彩矢香の「私を殺して」という言葉は報道されてしまった。その発言がもとで彩矢香が殺されたと瑠美は証言した。だからリキが彩矢香の最期を知っていてもおかしくはない。でも、どうしてリキは彩矢香を大切な人だなんて——。

大切な人……大切な……不意に思い出す。葬儀の日、彩矢香の死をことさら悲しんで泣きじゃくっていた男の子がいた。

彩矢香の遺影を見上げて「悔しい」とつぶやいた男の子。彩矢香が「気になる男子はいる」と照れくさそうに教えてくれた男の子。私が心の中で謝った男の子。

あの子だ。あの子が今、私の目の前に――。

瑠美の瞼が熱くなる。と同時に、ひとつの疑問が浮かんだ。

だとしたらリキは私を……？

「知っている」

瑠美の疑問を表情から察したのかリキは言った。

「だから間柴の前に連れてきてやったんだ。こいつの死にざまを見せてやろうと思ってな」

「あの時のお嬢ちゃんか」

二人のやり取りを聞いていた間柴が割って入った。間柴はニタニタと笑いながら瑠美の前に回り込んでくる。

「あのお嬢ちゃんが……こんなにいい女になったのか。感慨深いねえ。あの時のお嬢ちゃんは瑠美って言ったな。樫山瑠美と彩矢香、その名はよく覚えているぞ。『伊藤』ってのは偽名か？　それとも親の旧姓か？　まあ、俺にとってはどうでもいいことだがな。それにリキ、あの時殺した瑠美の妹に惚れていたとはな。これは復讐か？　そのために俺をここへ誘い出したのか？　やっぱりてめえは裏切り者じゃねえか！」

　間柴はリキに歩み寄るや蹴りを入れた。足先が顎に入り、リキの後頭部が配管と衝突する。リキは顔を歪めながら間柴を睨《ね》め上げた。

「あのガキのどこに惚れたんだ？　ええ？　今、ここにいる姉ちゃんに聞かせてやれよ」

　間柴は空いている左手でリキの髪をつかみ、強引に瑠美のほうへ頭を向けさせた。それでもリキの目は間柴に固定されている。

「恥ずかしいか。ガキのままごとだもんな。そんなガキでも、俺を存分に楽しませてくれたんだぞ。あれだけ気持ちよくナイフが刺さったことは、あれ以来ねえんだよ」

「間柴、この野郎！」

　リキが飛びかからんばかりに体を前後させる。だが、手首に食い込んだロープがリキの自由をむなしく奪う。

「はっはは。まるで獣だな。さしずめ俺は猛獣使いってところか」

　間柴は髪をつかんだ手を放すと、リキの右頬に拳を打ち込んだ。顔のどこかから飛び散った血が、床に赤い水滴模様を描く。

「そろそろ決着をつけねえとな。片方は生かすってのが俺の主義だ。いや、そう育てられたと言っていい」

「育てられた？」

場違いな言葉に、瑠美は聞き返した。間柴が苦い顔をして舌打ちする。

「これ以上、言うつもりはねえ。おまえの妹を殺した時を思い出して、世迷《よま》い言《ごと》を口走っちまった」

間柴は軽く後悔するように唇を曲げ、懐から銃を取り出した。

育てられた……親……兄弟……。あの事件の時、間柴は何と言っていた？　そうだ。

「やっぱり妹や弟のほうが献身的なんだよ」と言っていた。今の発言を誘因した理由があるようだが、追及《ついきゅう》している余裕などない。

「だがな、おまえらの事情をいろいろと知ってしまったからには、今日は主義にこだわっちゃいられねえな。一人はあの時の生き残り。もう一人は復讐のために俺を殺そうとしている。どちらかを生かしておいても、俺にとっていいことはひとつもねえ。だから今日は両方、殺す」

間柴は主義を放棄してまで断言した。

今度こそ、本当に……。瑠美の心に諦《あきら》めが生じてくる。

リキも観念しているのか、目を閉じて黙している。

瑠美は項垂《うなだ》れた。やっと見つけたのに。リキさえ生きていれば希望はあった。それなのに、この場で二人とも殺されてしまう。こんな結末は嫌だ。悔しさでおかしくなりそうだ。でももう、何もできない。

ごめんね、彩矢香——。

間柴が銃を二人に交互に向ける。瑠美は顔を上げた。銃口がぼやけて見えた。

「リキ、おまえは優れた男だ。このままいけば若頭にもなれただろうが、裏切りは絶対に許せねえ。瑠美、おまえを殺すのはじつに惜しい。俺の兵隊にしたかったが、事情を知ったからにはそういうわけにはいかねえ。俺にとっての厄災の芽は確実に摘まねえとな。しかし、せめてもの情けに選択の余地だけはやろう。さあ、どっちから死にたい？」

瑠美、リキともに答えない。

「おいおい、どうしたんだ。臆《おく》しちまったのか。さっきまでの威勢はどうしたんだ。俺を失望させるなよ」

間柴が両腕を揺らして煽《あお》る。瑠美はもうどうでもよかった。どうせ二人とも殺される。早いか遅いかの違いといっても、たかが数秒の差だろう。

「仕方ねえ。俺が選んでやるよ。瑠美、おまえから死ね。綺麗《きれい》なお顔が汚れちまうから、頭は撃たないでおくからよ」

間柴が銃を構えて瑠美の左胸のあたりに照準を合わせる。

「待て。俺からにしろ。間柴、俺はおまえを裏切った。今までずっと、従うふりをしていたんだ。憎いだろう？　だから俺からやれ」

リキが血の混じる唾を飛ばしながら間柴に訴えかけた。

「やめてよ。私からなんでしょ」

「いや、俺だ」

「今になって、ごちゃごちゃとうるせえな。俺は決めたんだ。瑠美、おまえが先だ」

間柴が怒気を込めて声を張り上げ、銃を構え直した。黒い穴がはっきりと見えた。

発砲音が轟《とどろ》いた。

死んだ——。そう思った。

だが、唸り声を発したのは間柴だった。間柴の足下に銃が落ちている。

何が起きた？

開いたままのドアの向こうから、銃を構えた男が入ってきた。

「間一髪、間に合いました」

江藤だった。記者の江藤がどうしてここに？

「江藤、遅えよ」

リキが顔をしかめて文句を言う。江藤はリキの仲間……？

「ごめん、一度この場を離れたので。それに護衛を警戒して慎重に近づいたからね。あいつ、工場の入り口で気を失って転がっていたけど」

江藤は銃を手にしたまま間柴に近づき、彼の銃を拾い上げた。江藤の放った銃弾は間柴の右手に当たったようで、銃身が血に染まっている。

なのだ。

「江藤、てめえまで裏切ったのか。許せねえ」

間柴が撃たれた手を押さえながら激怒する。間柴とも知った仲なのか？　どういうこと

江藤は間柴に銃を向けたまま、瑠美の顔を見た。

「気づきませんでした？」

瑠美が首を傾《かし》げると、江藤が片手でハンドルを回す動きをする。その手には白い手袋がはめられていた。

ハンドル……車……白い手袋……間柴の運転手？　ここまで運転してきたのは江藤……？　暗くて後ろ姿だったし、声を発さなかったから、まったくわからなかった。

瑠美は江藤がはめている手袋を見つめた。運転手は白っぽい手袋をはめていた。彼は記者ではなく、間柴の運転手だったのか。あの署名入りの記事は偽造だ。東部クリーンの仕事も週に二日しか来なかったし、記者と明かした後は清掃作業にほとんど来なくなった。間柴の運転手という本来の仕事があったからだ。

「瑠美さん。約束したでしょう？」

「……何を？」

「いざとなれば、僕も駆けつけるってね」

江藤があの人懐っこい顔でニッと笑う。東向島のバーで飲んだ時だ。江藤は確かにそう

言った。ただの冗談だと思っていたのに、本当に実行してくれるなんて。

「リキ。間柴さんの声、ちゃんと拾えたでしょ？」

江藤がリキに問いながら拘束を解く。間柴に銃を向けているため、片手での作業だ。

「ああ。おまえのスマホを通じてな」

車を発進する際、間柴が運転手に行き先を告げた。江藤とリキは互いにスマホを通話状態にしていた？　そうか。間柴が瑠美を連れて事務所の部屋を出たタイミングだ。間柴の部屋に男が二人いたが、一人は護衛として車に乗り、もう一人も間柴の見送りのために待機室に移動した。その隙に江藤に電話をかけ、二人が部屋を出たと告げた後に通話状態のままにし、間柴が運転手に命じた声を聞いた。

行き先はEと指示したが、運転手の江藤ならアルファベットの意味する場所を知っている。そのすべてをリキに事前に伝えておいたのだろう。リキが言っていた策というのは、江藤の存在を指していたようだ。ということは、間柴の事務所の場所も江藤がリキに知らせたのか。江藤は竜新会をよく知っているようだったが、詳しいのは当たり前だったのだ。

「リキがここに着いてよかった。死にそうな声をしていたから。はい、ロープを解いたよ」

「どうも。さすがに自分で運転するのは無理だったんで、タクシーを拾った。運ちゃん、俺の姿を見てびっくりしてたけどな。口止め料に五万だ」

リキが骨折した右手の指を確かめるように動かした。やはり痛みが強いのか、少しの動作で眉《まゆ》が歪む。間柴も撃たれた手が痛むようで、顔を引きつらせて小さく呻《うめ》いている。

江藤の運転する車は、間柴の指示でここを離れた。間柴に本当に去ったと信じ込ませるために、ある程度の距離を走ったはずだ。その間にリキがタクシーでこの近くまでやってきた。江藤は運転を任されていたのなら、間柴に信頼されていたと見ていいだろう。だが、裏でリキと繋《つな》がっていた。運転手をしていたからこそ、リキは江藤を抱き込んだのだろうか。

江藤は間柴の銃をドアから通路に投げ捨て、落ちているもう一丁の銃を拾った。

「これ、リキの？」

「正確には俺の銃ではないが、俺が持ってきた。使うのなら、こっちのほうが足がつかないからな。俺のやつはそこにある」

リキは事務机に置かれている自分の銃を手にして、背中側に潜ませた。江藤が、拾ったもう一丁の銃をリキに渡す。

リキは銃を受け取るや、いきなり間柴に向けて発砲した。

「ぐあっ」

銃声とともに、間柴の右膝から血しぶきがあがった。間柴は倒れ込み、撃たれた膝に左手を置いて苦悶《くもん》の表情を浮かべている。膝を覆っている指の間から鮮血が流れ落ちていく。

「て、てめ……この……い、いてえ」

間柴は充血した目でリキを見上げるが、激痛でうまく声が出せないようだ。

「何するの」

瑠美は懸念を込めた声で訊いた。リキの目は冷たく間柴を見下ろしている。このまま殺しかねない。

「膝ぐらい、たいしたことはないだろ。江藤、縄を解いてやってくれ」

江藤が瑠美の拘束を解きにかかる。その間もリキは間柴に銃を向けていた。間柴は歯を食いしばり、膝を押さえつけている。額や首筋に無数に浮き出た大粒の汗が輝く。

瑠美の体に巻かれていたロープが外された。

「……ありがとう。ねえ、これ以上は撃たないで。このまま警察に突き出すから、すぐに通報して」

「俺たちのスマホを使うわけにはいかん」

足がつくのを怖れてか、リキが瑠美の要請を突っぱねる。

「私のスマホはハッピーライフに置いてあるの。だから――」

「間柴のやつを使うしかないな」

「だ、誰が……。ふざけんな」

血の気が引いたような顔色をしている間柴が唾棄《だき》しながら拒絶する。

「なら、力尽くで奪うしかない」

　リキが再び間柴に銃を向ける。

「ま、待て……。警察は駄目だ。そうだ。と、取引……取引しねえか」

「何だと？」

「おまえを若頭に推薦する。下部組織の組を持てるようにもしてやる。江藤も悪いようにはしねえ。その姉ちゃんには……多額の慰謝料を払ってやる。そ……それでどうだ」

「黙れ」

　発砲音が轟いた。リキの放った銃弾が、間柴のすぐ脇の床に着弾する。

「てめえ……。何しやがる」

「サツに通報しろ。今すぐにだ」

「これじゃ、条件が足りないってのか」

「わかってねえな」

　リキがもう一度引き鉄を引こうとする。

「わ、わかった。わかったが、少し待て。その前に聞きたいことがある。サツに連れていかれたら、てめえらと話す機会はもうないからな。聞いておかねえと俺の気がおさまらねえ」

「何をだ？」

「おい、姉ちゃん。結局おまえは警察の犬だったのか」

「犬じゃない。協力者」

「協力者だと？　サツでもねえのに、ここまでしてたってのかよ」

「あなたを捜し出すためにね」

間柴は眉をひそめ、「そうか」と呟《つぶや》き、リキに目を向けた。

「リキに江藤。この姉ちゃんとグルってことは、てめえらも警察に協力してたのか」

「それは違うな。俺たちは警察を利用したにすぎん」

リキは銃を構えたまま答えた。

間柴は唇を歪め、撃たれた右膝を押さえながら問う。

「リキが裏切ったのはまだ理解の範疇《はんちゅう》だが、江藤、てめえは何だ。俺が引き立ててやったってのによ」

喋ると気が紛れて痛みが和らぐのか、間柴は多弁な調子で口を動かす。

「もともと僕は間柴さんのやり方が気に入らなかったんですよ。引き立ててくれたのも正直迷惑でした」

「何だと……」

江藤の本音が意外だったのか、間柴が眉根を寄せる。

「でも、僕には断る権限なんてないでしょう？　そんな時にリキから過去の話を聞いて、協力しようと決めました。ただ、それだけのことです」

江藤なりに思うところがあったようだ。清掃員に扮《ふん》してハッピーライフに潜入し、記者を偽っていたのも、すべてリキに協力するためだったのだろう。

「ただ……僕は瑠美さんも騙《だま》していた。瑠美さんが警察の協力者じゃないかと、ほとんど確信したうえで利用していたんですよ。それは素直に謝りたいです」

江藤が瑠美を協力者だと見抜いたのだろうか。それをリキに伝えた。いつ見抜かれた——？　その疑問が解消される間もなく、間柴ががなり立てた。

「江藤、てめえには充分な金を払っていたじゃねえか。それでも不満だったってのか」

「お金じゃないんですよ。間柴さん、やはりあなたは何もわかっていない」

江藤の目が少し悲しそうな光を帯びる。

「わかってねえのは、てめえだろうが。まだ間に合うぞ。その銃でそこの二人を撃て」

「あなたは……」

江藤が手に持った銃に視線を落とし、その銃口をゆっくりと間柴に向けた。

「何のつもりだ、おい」

「これが僕の答えですよ」

江藤が天井に銃を向けて発砲した。一瞬、恐怖の色が浮かんだ間柴の顔が、怒りに染められていく。

「て、てめえ。お、お、俺を！」

「江藤はこれが答えだと言っただろう。いい加減にわかってやれ」

リキが江藤の肩に手を置いた。江藤は「大丈夫」と言って銃を下ろした。

「リ、リキ！……て、てめえにも聞きたいことがある。どうしてだ？　どうして俺があの時……十五年前にそいつの妹を殺ったと知ったんだ。それがどうしてもわからねえ。いつ気づいたんだ、言え」

「知りたいか？　だったら、額を床に擦《こす》りつけて『教えてください』と懇願しろ」

「ふ、ふざけんな。誰がてめえに物乞《ものご》いするかよ。教えろ。命令だ」

リキが銃弾を放った。弾丸は間柴の至近をかすめていく。

「今の状況を理解していないようだな。俺はもうおまえの部下ではない」

「てめえ……」

間柴が唇を嚙みしめた。悔しさなのか怒りなのか、体が震えている。

「だがここにもう一人、聞きたいやつがいるだろう？」

リキが瑠美に視線を向ける。瑠美は小さく頷いた。

「そいつに教えてやるから、ついでに聞くがいい」

リキは目を間柴に戻して語り始めた。

「片方は生かす主義だと言っていただろ。十五年前の事件後の報道で、犯人は姉妹にそういう選択を迫ったと知った。それが唯一の手がかりだったが、わざわざあんな選択をさせるくらいだ。味をしめたそいつは、今後も必ず同じことをする。そう信じて、俺は暴力団や半グレ、外国人犯罪グループといった、数々の組織の情報を集めていった。てめえみたいなやつが行き着く先は、まともなところじゃないと考えたからだ。東京だけでなく、関東全域、さらには関西と名古屋、福岡の組織も調べた。そういうやつが潜《もぐ》り込むとしたら都会のほうがいいからな。高校を卒業するまで金を貯《た》め、五年以上かけて各地を渡り歩いた。時にはそういうやつらの仲間にもなってな」

リキの思考と行動に、瑠美は心を打たれた。自分が犯人を捜していたのと同じように、リキも各地を転々としてずっと犯人を捜していたのだ。

「広く情報網を張って網に掛かったやつを、片っ端からあたっていった。そして五年前、あの時の犯人と似たようなことをしているやつが竜新会にいるという情報をつかんだ。対立する組の組員を二人連れ去り、どちらが死ぬか選ばせる。敵の組だけじゃない。致命的なミスをした部下が複数いた場合も、どちらが死ぬか選択させる。そうして死体の山を築き上げ、そいつは組の中で出世しているという。百パーセント確信したわけではないが、確率はかなり高いと踏んだ。違っていたら、また別をあたればいい。そう考え、竜新会に入った。俺はその男に接近するため、組の中でのし上がろうと必死だった。さまざまな悪事をこなし、やがて若衆の中で大きな力を持つに至った。

俺の存在を知ったその男は、面を見てやると言って、事務所に呼び出した。あれは三年前……南千住の事務所だったな。男は俺を認めたようで、部下になれと命じた。俺はそれを受け入れ、なぜどちらかを殺すのか訊いた。今後、人を統《す》べる参考にしたいなんていう適当な理由をつけてな。男は酒をしこたま飲みながら、武勇伝――殺しの武勇伝を俺に語った。邪魔なやつは殺せるし、残ったやつも恐怖で従順になる。その最初のきっかけとなった殺しが、十年以上前に誘拐《ゆうかい》した中学一年生の女の子だったと、男は自慢げに話した。その時に俺は確信したんだ。この男がかつて姉妹を誘拐し、妹を殺《あや》めたやつだと。男の醜い顔を見ながら、いつか必ず殺すと誓った。その男というのが間柴、おまえだ」

リキが銃を構え直して吐き捨てた。間柴は射抜くような視線をリキに送りながら黙している。

「猜疑心《さいぎしん》の強いおまえは、自身の腹心を除いては、組長や若頭など一部の幹部にしか会わない。それ以外の者と会うとしたら、力をつけてきた若衆の実力を見定めるためか、大きなミスを犯したやつだけだ。俺もあれ以来、おまえには会えなかったからな。だから今回のハッピーライフのガサ入れを計画したというわけだ。その計画に合わせたかのように彩矢香の姉――瑠美が現れた。これは天啓だと、俺は思ったよ。彩矢香が俺と瑠美を会わせてくれたってな」

引き鉄に掛けられているリキの指に力が込められる。

リキが翻意して間柴を殺すのかと思い、瑠美は制そうとする。すると突如、間柴が笑いだした。

「何がおかしい」

「リキよ。おまえは壮大な勘違いをしているな」

「勘違い？」

「瑠美の妹を殺ったのは確かに俺だ。だがな、俺は命じられたんだ」

「何だと？　誰にだ」

瑠美の脳裏に、当時の光景が蘇る。

「彩矢香を殺した後、電話をしていた……」

「聞いていやがったのか」

やはりあの時、裏で糸を引いている者がいた。

「どういうことなの？　どうして彩矢香を？」

「別におまえらを狙えと指定されたわけじゃねえ。とにかく大きな事件を起こせ。認められるほどの事件を起こせば、俺を竜新会に推薦してやるってな」

「だから、あの時……」

間柴は「これだけのことを成し遂げたから、大いに評価してもらえるだろう」と言い、彩矢香の遺体を証拠として撮影した。電話の内容は断片的にしか聞こえなかったが、「遺体の証拠写真を撮ったから、それを見せる。楽しみにしておいてくれ」というようなことを報告していたのだろう。つまり間柴は竜新会に入る条件をクリアするために、あのような事件を引き起こした。

「じゃあ、私たちを誘拐したのは……」

「身代金だろうが、殺人だろうが、大事件であれば何でもよかった。最初は金も入るし身代金でいいと考えたんだが、やはり金の受け渡しがネックになって、良い案が浮かばなかった。だから殺しに切り替えたってわけだ」

あの時の間柴の言動に、計画性や一貫性はまったくうかがえなかった。こうした理由があったから、深く考えずに行動していたのか。

「おまえに命じたのは誰だ。竜新会の者か。組長……なのか？」

「それは言えねえな。俺を殺したら、永久にわからないままだ」

リキが渋面を作る。銃を持つ手が怒りのためか震えていた。

「俺の口を封じちまっていいのか？　ああ？」

「どうせ、言う気はないんだろ。だったら今ここでぶち殺しても同じだし、彩矢香の命を奪ったのがおまえである事実は変わらない。瑠美——よく見ておけ。彩矢香を奪った男の最期を」

「待って。約束したじゃない。殺さずに警察に引き渡すって」

瑠美はリキの左腕をつかんで制した。

「方便だ。あの時はそう言わないと、あんたは協力してくれなかっただろう。さっきあんたも間柴を殺そうとしていたじゃないか」

「あぁするしか、二人が生き延びる方法はなかったから。それに、撃っても確実に死ぬかどうかもわからなかった。今は状況が変わったの。命じたやつがいるんだよ。生かしておけばいずれ吐くかもしれない」

「こいつがそんなタマかよ。絶対に吐くわけがねえ」

「リキ。おまえ、本当に俺を殺す気か？　だが、これで気が変わるだろうよ」

間柴が血に染まった指をスーツの裾《すそ》で拭《ぬぐ》ってから、懐に左手を入れた。リキが銃を間柴の胸に向ける。

「銃じゃねえ。これだ」

間柴が取り出したのはスマホだった。片手で素早く操作し、こちらに画面を見せた。

「え……。そんな」

画面を目にした瞬間、瑠美の心臓が激しく鼓動を始め、締めつけられるような痛みが生じてきた。

写っていたのは彩矢香の遺体だった――。

彩矢香の脇に瑠美の横顔が少し入っている。当時の携帯電話で撮った写真だから画質はよくないが、間違いなく彩矢香と瑠美だ。

「間柴、おまえ」

「当時、証拠写真として撮った。そこの姉ちゃんはよく覚えてるだろ?」

「どうして……どうしてまだその写真を……」

「俺をこの世界に導いてくれた宝だからだ。証拠として使って以降は誰にも見せず、俺だけの密《ひそ》かな楽しみにしてきた」

「絶対に許せねえ。彩矢香を殺しただけでなく、死んだ後も冒瀆《ぼうとく》し続けやがって」

「彩矢香……」

瑠美の心が怒りに塗りつぶされていくが、当時の記憶がその怒りを上塗りしていった。

寒い夜。暴力を受けた痛み。彩矢香の死……。記憶の中だけにあった彩矢香の死に顔が、目の前にある。呼吸が苦しくなってきて、胸の痛みが激しくなる。瑠美は左胸を押さえて項垂れた。このまま倒れそうな感覚に襲われる。

「どうした。大丈夫か」

リキの声が遠くから聞こえてくる。こんな時に……苦しい……。

「はっは。具合が悪くなっちまったか。いい写真なのによお。リキ、妙な気を起こしたら、この写真をネット上に拡散してやる」

「やめて。そんなこと……」

瑠美は痛む胸に手をあてたまま、弱々しい声で懇請した。死んだ彩矢香の姿を無数の人間に見られるわけにはいかない。あの子はもう死んだのだ。それなのにまた殺されることになる。

「その写真だけでは、誰なのかわからないだろ」

「最初はな。しかし、人間は暴きたい生き物なんだよ。この写真を見たやつの中に、必ず被写体を特定しようと試みる者が出てくる。そういうやつらだけじゃなく、同級生が見るかもしれない。そしたらすぐに十五年前の事件の被害者——実名だってわかるはずだ。樫山彩矢香ってな。瑠美の顔はわかりにくいが、妹の名が判明すれば自《おの》ずと暴かれるだろう」

「……そうだな、おまえの言うとおりだ。だから拡散なんてさせない」

リキが銃を持った腕をぐいと間柴のほうへ伸ばす。

「撃った瞬間に、ボタンひとつで全世界に拡散だ。いいのか？」

間柴がスマホの画面のすぐ上で親指を止める。

「俺の指とおまえの指。どちらが早いか」

リキが引き鉄を引く指に力を込めた。

「待って……殺さないで」

「こんなことをされても、こいつを生かしておけと言うのか」

「私だって……許せないし、悔しいし、殺せるなら殺したい……。でも駄目なの。彩矢香が――」

「御託はいい。あんたもそんなふうに苦しんでるじゃないか。どけ」

「私を……私を裏切らないんじゃなかったの！」

瑠美の精一杯の怒声にリキは嘆息し、銃を持つ手を下ろした。

その時だ。

間柴はスマホを床に投げると右手で左足のスーツの裾を上げ、怪我をしていない左手で小型の銃を引き抜いた。足下に隠していたのか。間柴が銃をリキに向ける。リキが反応するのが視野に入った。間に合わない。瞬間、瑠美の体が動いた。

ためらってなど、いられなかった。

咄嗟《とっさ》にリキと間柴の間に入る。

銃声とともに腹部に衝撃を受けた。一拍おいて左脇腹に激痛が広がっていく。撃たれた。

瑠美は痛む箇所を手で押さえて両膝をつく。

「瑠美さん！」

江藤の声と同時に、リキが発砲した。間柴の左肩にあたり、血が噴き出す。銃を放り投げた間柴は衝撃で後ろに倒れ込んだ。手と足の痛みに肩が加わり、奇声をあげて喚《わめ》いている。

リキが間柴に銃を向け、とどめを刺そうとした。

「殺さないで！」

瑠美は叫んだ。撃たれた脇腹が燃えるように熱い。手に温かいぬめりを感じた。鉄のような匂《にお》いが立ちのぼってくる。かなり流血している。間柴の銃とスマホを拾い上げた江藤が駆け寄ってきて、瑠美の肩を支えた。

「なぜ、そこまで……。なぜなんだ」

リキが間柴を見下ろしながら瑠美に訊いた。

「こいつは……法の下で裁かれるべき。彩矢香……だけじゃなくて何人も殺しているんでしょ。こいつには死刑こそ……ふさわしいから。それに、犯行を命じたやつがいる。今ここで殺しちゃったら、わからないまま……」

瑠美は弱い口調で応じる。

「吐くわけがないって言っただろ」

「お、お、俺を殺せば後悔するぞ……」

間柴が息を荒らげながら不敵に口角を上げた。

「こいつは俺の手で殺す。俺はそのために生きてきたんだ」

「私だって……そいつを捜し出すために生きてきた。それに……あなたに手を汚して欲しいなんて……彩矢香が思うはずがない。痛っ……」

「もう、喋るな」

リキが厳しい語調で言うが、瑠美は一度歯を食いしばった後、懸命に唇を動かした。

「い、今ここでそいつを殺したら、彩矢香は絶対にあなたを許さない。あの子は息絶える前に……言ったの。『絶対、懲らしめて』って。殺せなんて言わなかった……。それが彩矢香なの。だから……」

痛みで意識が朦朧《もうろう》としてきた。呼吸もしづらい。

江藤が瑠美の腹部に顔を近づけ、鼻を数回鳴らしてにおいを嗅ぐ。

「おそらく大腸に損傷はありませんが、出血が酷《ひど》いですね。すぐに止めないと。横にしますよ」

江藤は瑠美を寝かせると、自分のワイシャツを脱いでベルトを外し、瑠美の腹部に巻きつけ始めた。止血してくれるのか。痛いはずなのに感覚がなくなってきた。

リキは間柴に銃を向けたまま「そこに座れ」と命じた。間柴は必死の形相をして片足で立ち、力なく椅子に座る。瑠美の止血を終えた江藤が、ロープを使って間柴を椅子に縛りつけた。するとリキは、銃のグリップの底で何度も間柴の頭部を殴って失神させた。間柴の顔がザクロのように腫れ上がっている。

床に放り投げられた間柴のスマホを江藤が拾い、瑠美に差し出した。リキが瑠美に言う。

「あんたの依頼主に連絡しろ。救急車も呼んでもらえ。急げ」

名取の電話番号は記憶しているが、力が出なくて腕が上がらない。

「番号、読み上げてください」

江藤がかけてくれるようだ。瑠美は躊躇《ちゅうちょ》した。名取の番号を知られてしまう。

「安心してください。悪用なんてしませんよ。このスマホもここに残していきます」

江藤が微笑《ほほえ》む。彼らは信用できそうだが、教えてしまっていいのだろうか。でも一刻を争う。瑠美は小刻みに震える唇で電話番号を伝えた。江藤が端末を持って、瑠美の耳にあててくれている。知らない番号だが、出てくれるだろうか。祈る気持ちで通話コールを聞く。

三コール目の途中で相手が出た。

「名……取さん……?」

『瑠美！　無事なのか？』

名取だ。出てくれた。瑠美が江藤に伝えたのは、自分の貸与スマホの番号だった。やはり彼らに名取の番号を知られるわけにはいかない。

瑠美が行方不明になっているのだ。名取はハッピーライフに置いてきた瑠美の端末を、手元に置いてくれている。電話がかかってくるのを待ってくれている。知らない番号からでも出ようと決めてくれている。瑠美の祈りは通じた――。

「あの男、見つけたよ……すぐそこで気を失ってる……」

『あいつを？　その声、何があった？　どこにいるんだ！』

名取が焦った声を出している。なんだか新鮮だ。それに、初めて下の名前で呼ばれた。これまた新鮮だ。瑠美は力ない笑みをかすかに浮かべて口を動かす。

「多摩川沿いの……」

「大田区の中井《なかい》金属加工の工場跡地だ」

リキが小声で教えてくれた。瑠美がそこの事務室にいると、名取に伝える。

「あとね……撃たれたから……救急車も呼んで。私……血がたくさん……」

『何だと。すぐに行かせる。俺もこれから向かう』

名取が通話を切った。名取と話して安心したのか、体から力が脱けていく。寒い。全身に震えが走り始める。

「瑠美さん、しっかり」

江藤がスーツの上着をかけてくれた。そのぬくもりを感じながら、視界が徐々に暗くなってくる。意識が飛びそうになった刹那、彩矢香の笑顔が暗闇に浮かんだ。

ああ……彩矢香……お姉ちゃん、やっと……約束を果たせたよ……。

彩矢香にそう報告した直後、一発の銃声が室内に響き渡った――。

エピローグ

「だいぶ顔色がよくなってきたな、ルーシー」

病室に入ってきた名取が、瑠美の顔を見るなり目を細めた。

「まあね。もう二週間が経《た》つし」

瑠美は腹部に力が入らないよう、片腕で支えながら上半身を起こした。

「声も元気そうだ」

名取は手にしている紙袋を足下に置き、ベッド脇《わき》の折りたたみ椅子《いす》に腰を下ろす。

あの後、名取たち警官と救急隊員が駆けつけて瑠美を救助し、間柴の身柄を確保した。瑠美はすぐに大田区内の総合病院に搬送されて緊急手術を受けた。幸い銃弾は体を貫通しており内臓にも損傷はなく、脇腹に穴が開いただけで済んだ。ただ出血が多かったため、江藤の施してくれた止血措置がなければ危なかったらしい。

病院の集中治療室で意識が戻った瑠美は、個室に移ってから一部始終を名取たちに話した。リキと江藤についてもだ。そうでないと、あの場で起きたことの説明がつかなかった。

瑠美が警察に話すというのは、リキたちも想定はしているだろう。

リキと江藤は行方をくらました。

あの銃声は、リキが間柴に向かって撃ったものだった。弾は間柴の左膝《ひだりひざ》に命中していた。手足と肩の傷を治療するため、間柴は瑠美とは別の大田区内の病院に搬送された。手術を受けたものの破壊された両膝が回復する見込みはなく、もう歩くことはできないだろうという診断がくだされた。今も入院中だが傷の治癒状態を見て、近いうちに殺人未遂で逮捕状を執行する予定だ。間柴は動かなくなった両膝の傷痕《きずあと》を見るたび、きっと今回の件を思い出す。罪の烙印《らくいん》――リキなりに彩矢香の最期の言葉を解釈したのかもしれない。

警察はハッピーライフの件と間柴を撃った件でリキと江藤の行方を追っている。銃はガレージに来た男のものを使っていたから、足がつくとしたら江藤が所持していた銃の線条痕《せんじようこん》だが、今のところ彼らが確保されたという知らせはない。

現在は間柴が十五年前に彩矢香を殺した事件と、その後も続けていた殺人の捜査に重きが置かれている。名取は検察と起訴に持ち込み、死刑を求刑すると言ってくれている。そうなれば彩矢香の無念を少しでも晴らせるだろう。

「間柴の生い立ちを聞いたか？」

名取が眼鏡の位置を直しながら訊《たず》ねた。

「捜査員から少し」

間柴には二つ年上の兄がいた。間柴が幼い頃《ころ》、間柴の親はプレゼントやおやつなどをあげる時、兄と間柴に「どっちがいい？」と選ばせた。そう訊《き》いておきながら、決まって兄によりよい物をあげていた。兄を溺愛《できあい》し、間柴を嫌悪していたからだろう。兄は成績優秀で中学の頃は生徒会長を務め、両親にとって自慢の息子だった。

一方、間柴は幼い頃から気性が荒く、親も手を焼いていたらしい。しかし兄が高校一年生の時に交通事故で死んでしまった。両親の怒りは間柴に向かった。虐待されて育った間柴は、高校卒業とともに家を飛び出した。

盗みなどを働きながら七年ほど放浪生活をしていた間柴は、暴力団員になろうと決意する。ならず者の自分を受け入れてくれる場所は、そこしかないと思った。犯罪行為をする中で知り合った竜新会と関係の深い者に相談すると、「誰《だれ》もが認めるような大事件を起こせ。そしたら竜新会に推薦してやる」と条件を出された。ただの下っ端として入るより、一目置かれた存在として組員になれば、幹部たちからの覚えがめでたくなる。さらには紹介した自分にも箔《はく》がつくと。間柴が組の中で出世していったのは、そうした背景もあったからだ。

町田市内に住んでいた間柴は、盗んだ車を流している最中に瑠美と彩矢香を見つけて誘《ゆう》拐《かい》する。ところが姉妹の固い絆《きずな》を見て、かつての記憶が刺激された。二人の関係に嫉妬《しっと》したであろう間柴は、身代金誘拐から殺人に変更した。身代金受け渡しの良案が浮かばなかったと言っていたが、瑠美と彩矢香の関係が少なからず彼を変心させたのは想像に難くない。しかも、かつて自分の親がそうしたように、姉妹に選択させた。それも片方の命を。妹、弟のほうが献身的なんだというのは、自身の過去を指していたようだ。きっと間柴は兄に身を捧《ささ》げてきたと考えていたのだろう。それなのに兄が死に、親から虐待を受けたその過去が誘拐事件の時に思い出され、あのような選択を瑠美と彩矢香に迫った。彩矢香を殺した間柴は竜新会に入り、同様の選択を迫って数々の命を奪ってきた。

間柴は主に汚れ仕事を担当し、表には出てこない存在だったため、警察は彼の存在をつかめていなかった。人相がまるで変わっていたのも、警察の目にとまらなかった理由のひとつだ。暴力団の世界でのし上がっていくうちに、かつての面影を完全に失っていったのだろう。

「弁護側は生い立ちや生育環境に同情する点があると主張するのではと、俺《おれ》たちは読んでいる」

「だからといって人を殺す理由にはならないよ。全然、お話にならないね」

もっと悲惨な暮らしを余儀なくされている子どもたちはたくさんいる。瑠美は寄付先の子どもたちを思い浮かべながら強い口調で突き放した。

「そのとおりだ。必ずや法の下で裁いてみせる」

「期待してるよ。あと、彩矢香の写真は……」

「有力な証拠になるだろうから、そのままにしてある。間柴の自宅にパソコンがあったが、写真のデータは保存されていなかった。古い携帯から移して、スマホだけに残していたようだ。役目を終えたら俺たちの手で必ず消すから安心してくれ」

「うん、お願い」

本当は今すぐにでも消去して欲しかったが、彩矢香を殺害した証拠のひとつになるのなら仕方ない。

「間柴に犯行を命じたやつはわかったの？」

「今のところ、あいつは口を割っていない。何とかして吐かせたいが、時間はかかるかもしれない」

「そう……。ハッピーライフと竜新会の繋《つな》がりはわかったの？」

「今日はそれを伝えに来た」

名取によると、ハッピーライフと竜新会との関係を告発する匿名のメールが警視庁に寄せられたという。別のフロント企業名義の銀行口座が記載されており、その口座を通じて生活保護費とさまざまな犯罪で得た金が竜新会に流れているというものだ。大比良が金をロンダリングしている旨も書かれていた。

「メールを送ったのは、おそらくリキだと俺たちは見ている。この件も捜査を進めているところだ」

「早く解明されるといいね。施設の利用者たちはどうしてるの？」

「勾留《こうりゅう》中だが、とんでもない過ちだったと、皆反省している。やり直せるなら新しく職を得たいという者も多い。口だけかもしれないが、今は信じてみるつもりだ」

津島たちの顔が浮かんだ。彼らとは二度と会うことはないだろうが、残りの人生を無事に過ごしてもらいたいと切に願った。

「所長や職員は？」

「大比良は三年前の殺人疑惑が新たに発覚した。これも匿名メールにあった。これから本格的な取り調べと捜査が始まるが、彼にはかなりの量刑が科されるだろうな。警察の尾行には気づいていなかったようだ。リキや竜新会の者と会う時は、あのようにまわりくどい方法で移動すると決めていたと思われる」

リキと初めて会った時、大比良は施設の裏口から出て、タクシーを何度も乗り換えた。尾行が察知されていたわけではなかったのか。

「山内は大比良の指示を受けて犯行に及んでおり、本人もそれなりに反省はしている。ただ前科があるし、しっかり罪を償ってもらう必要はある。処方薬の転売は購入希望者と交渉中だった。あと数日経てば成約していただろう」

「売買が成立する前に任務が終わってよかったよ」

「ああ。ルーシーと入れ替わりで辞めた野々村は、覚醒剤の密売に関《かか》わっていた。ゆくゆくは特殊詐欺の受け子もやらせるつもりだったらしいが、大比良はあまり彼を評価していなかったそうだ。そんな時にルーシーが現れ、彼を切ろうと決めた。次の仕事を斡旋《あっせん》する代わりに、あの日に辞めさせたというわけだ。立場的には山内に似ており、同様の罪に問われるだろう」

「……九鬼さんは？」

「ガサ入れの直前に女子トイレの小窓から逃走した。窓が外されていたんだ。その後の足取りはつかめていない。任意同行だけのはずだったが、逃げたというのが重要視され、鋭意捜索中だ」

　彼女はメキシコの麻薬カルテルの交渉役をしていた経験があり、身分の詐称も得意だという。彼女の素性はまだ名取たちには明かしていなかった。リキが自分を信じて話してくれた気がしたからだ。それに瑠美がそう伝えたところで、警察の捜索が進展するとは思えなかった。しかし、名取には打ち明けてもいいのではないだろうか。

「今後……協力者の仕事はどうするつもりだ？」

　瑠美が迷っていると、名取が言いにくそうに訊いた。間柴が逮捕され、ひとまず瑠美の目的は果たされたからだ。訊かれたために、九鬼の件はいったん心に留めた。

「彩矢香との約束は間柴の逮捕だったから、一区切りではあるけれど……。間柴に犯行を命じた者がいる。できるなら、そいつも明らかにしたい」

「俺たちの捜査だけでは不安か」

「そうじゃないよ。捜査はしてほしい。でも許されるのならば、その捜査に私も加えてほしい。協力者として」

名取は表情を変えずに「そうか」とだけ言った。

「いいの？　悪いの？」

瑠美が問い質《ただ》すと、名取は頬を緩めた。

「今、ここでは決められないな。そうだ、これを」

名取は持ってきた紙袋を瑠美に渡した。中に小箱が入っている。

「これは？」

「西荻窪《にしおぎくぼ》にある有名店のモンブランだ。並んで買ってきた」

「あら、珍しい。これが今回の報酬？」

「報酬は退院後に支払う。それはただの見舞品だ」

名取の真面目《まじめ》な返答に、瑠美は思わず笑ってしまう。

「いたた……お腹《なか》に力が入ると、まだ痛むんだよね」

「笑うようなことはしていないだろう」

「そうかな？　あ、そうだ。ひとつ確認しておきたいんだけど」

瑠美は名取の目を探るように見つめた。

「何だ？」

瑠美が黙っているので、名取は居心地が悪そうに座り直す。

「あのさ……今回の怪我《けが》、労災っておりる？」

「そんなことか」

瑠美が突飛なことを言うとでも思ったのか、名取は安堵《あんど》したような顔をして眼鏡の蔓《つる》を軽くつまんだ。

「そんなことって。私にとっては超重要事項だよ」

「少なくとも治療と通院にかかる費用はこちらで持つ。ルーシーのことだから、見舞金もあてにしているだろう。それは掛け合ってみる」

「よかった。お願いね」

「じゃあ、俺はこれで。また連絡する」

名取が立ち上がり、部屋から出ていこうとする。

「いろいろと、ありがとう」

瑠美が名取の背中に向かって言うと、名取はほんの少しこちらを振り返った。口元が笑っている。名取は片手を小さく上げ、病室から出ていった。

瑠美は名取からもらったモンブランを備えつけの冷蔵庫に仕舞い、松葉杖《まつばづえ》を手にして屋上に上がった。多少は動いたほうがいいと医師から言われているからだ。ケーキはその後に味わおう。

屋上を覆う金網に指を掛け、青空の下を埋めている住宅街を眺める。

ガサ入れの時、ハッピーライフに瑠美がいないと気づいた名取は組織犯罪対策部の部長と課長を必死に説得した。彼らも瑠美を捜し出すよう捜査員たちに指示を出した。これまでの瑠美の実績からも、また一人の人間としても、見捨てるわけにはいかないと彼らは判断してくれたのだ。

この時、もし警察組織が自分を見捨てていたとわかったら、もう協力者の仕事は続けられなかったかもしれない。でも、違った。

協力者——。

まだ捜し出さなければならない者がいる。心に負荷はかかるけれど、ここで辞めるわけにはいかない。

背後に人の気配を感じた。

「振り向くな」

声の主は言った。顔を見ずともわかった。

リキだ。なぜ、ここに？

「どうして私がこの病院にいるってわかったの」

「間柴のベンツで救急車を追跡した。あんたは喋《しゃべ》れる状態じゃなかったからな。あの時点では俺と江藤は警察もノーマークだったはずだ」

呆《あき》れるほどの大胆さだったが、この二人ならそのくらいしてもおかしくはない。

「その警察が捜してるけど」

「知っている。だから、あんたが俺と喋っているところを見られるのは不都合だろ。ただ俺は、礼を言いに来たんだ。間柴を殺さなくてよかった。あの時の犯人を懲らしめる……逮捕して罪を償わせるというのが彩矢香の最期の願いだったと俺も思う」

「去り際に膝を撃ったのは？」

「あの事件を忘れさせないためだ。間柴を懲らしめるためにな」

やはりリキはそう考えていた。瑠美が「うん」と応じるとリキが続けた。

「あんたが彩矢香の姉さんってのは、瑠美という名と、その顔を見てすぐにわかった。彩矢香は携帯で撮ったあんたの写真を何度も俺に見せて、素敵な姉だと自慢していたからな。写真の女がそのまま大人になったみたいだ」

リキがしみじみとした口調で言う。

「彩矢香が……」

素敵な姉だなんて、彩矢香から聞いたこともなかった。

「だから、あいつは自分が死ぬという選択をしたんじゃないか」

「そう……」

瑠美は胸が詰まって、それ以上は何も言えない。

「もっとも、あんたが彩矢香の姉だと確信したのは家族について訊いた時だ。それを最初に確かめたかったんだ」

初めて会った時、リキはいきなり家族について訊いた。あの時は少々面食らったが、肉親がいると動きが鈍くなるからと説明していた。実際にはそうした理由があったからか。問われた瑠美は妹が十五年前に死んだと話した。名前と容姿だけでなく、その発言が決め手になったようだ。

「彩矢香とはどうやって？」

「中一になってすぐのことだ。あいつが別の中学の男たちに絡まれているところを助けたんだ。それがきっかけだった」

最初からして、そうだったのだ。リキは彩矢香を守りたかった。だからこそ、彩矢香を殺した男を追おうと決意した。彩矢香を守れなかった悔しさ。それは瑠美と共通する思いだ。

「あれはクリスマスの頃だった。彩矢香は俺と結婚したいと言ったんだ。それは俺も同じ気持ちだった」

「えっ……」

それこそ聞いたことのない話だ。気になる男子はいると言っていたけれど、そこまで想《おも》っていたなんて。

「もちろん、子どもの戯《ざ》れ言《ごと》だ。でも突然死ぬなんて思わないだろ。それもあんなふうに殺されて。葬儀の日、俺は泣きに泣いた。彩矢香に俺の涙を見せたかったんだ。彩矢香のために泣くやつがここにもいると知ってもらいたかった。遺影を前にして、心の内で復《ふく》讐《しゅう》を誓った。そのために生きようと決めた。後悔はない」

あの男の子の泣き声と泣き顔は鮮明に思い出せる。リキはその当時から今まで、彩矢香への変わらぬ想いを抱いて生きてきた。自分以外にも彩矢香を忘れずにいてくれた人がいたと知って、心の暗い部分に光が射《さ》し込んできたように感じた。

「あなたにそこまで想われて、きっと彩矢香は嬉《うれ》しがってるよ」

「だと、いいがな。あいつ、ディズニーランドに行きたいって言っていた。結局行けなかったがな。だからあの場所からたまに眺めていたんだ。あそこにいるやつらと俺は違う。そしてもうひとつ。俺はあそこに行くべきではないってな」

瑠美は心を衝《つ》かれた。葛西臨海公園の海辺から、東京ディズニーリゾートがよく見えた。リキはあの場所から眺めるのが結構好きだと言っていた。彩矢香はリキとも遊びに行きたかったのだ。だからリキはあの海辺に瑠美を呼んだのかもしれない。彩矢香が死んだ後、リキも自分と同じ思いを抱き、ああいう場所に行くべきではないと考えて生きてきた。

「たぶん、私も同じ理由で行かなかった」

「お互い一生行かなそうだな」

「私もそう言おうと思った」

リキがかすかに笑う声が風に流れてくる。

「ガサ入れの日、あんたをハッピーライフから連れ出した後のことだ。協力者になってもらうにあたって報酬を払う提案をしようと思った。だが俺は彩矢香のために行動している。だから、金であんたを動かすようなことはしたくなかった」

「いらないよ。おかげで間柴を逮捕できるんだし。仮に提案されていたとしても、あなたの狙《ねら》いがわかった時点で断ったから」

「そうか。まあ、代わりに――」

「いいって。何もいらないから。ところで、折られた指は大丈夫なの？　蹴《け》られた傷も」

「……痛むが、生活するには問題ない。指はまだ固定しているけどな。あんたこそ、女の肌に傷がついてしまった。すまねえな」

「あなたのせいじゃないよ。でも、すぐに救急車を呼んでくれれば、もう少し早く楽になったんだけど」

「一一九番通報は録音されている。俺や江藤の声を残したくなかったんだ。傷の具合から、命は助かると判断した。だからあんたの依頼主に通報を任せたんだ」

暴力団に属している身からすれば、録音された音声データが救急を介して警察の手に渡るのは避けたいだろう。傷の状態も判断したうえであれば、これ以上この件に文句は言うまい。

「そういう理由なら許してあげる。傷はまだ痛むけれど、私も生活するには問題ないね。治るまでお酒が飲めないのがつらいだけ」

瑠美はくすっと笑って答えた。リキが笑い声のような音を立てる。

「いてて……」

「腹が痛むのか？」

「お腹に力を入れるとね。笑うと特に」

「今のは自分から笑っただろう？」

「そうだけど……。ついでにあとひとついい？　あなたが彩矢香のことを話したから、間柴は二人とも殺そうとしたんだよ。私はどちらかが生き残るほうに賭《か》けたんだけど……時間稼ぎのつもりだったの？」

「そのとおりだ。江藤が来るというのは、わかっていたからな。本当はあんたに俺のことを明かすつもりはなかった。だがあの話を出せば、間柴は食いついてくると思った。少しでも時間を引き延ばすために、やむをえず話したんだ。それでも間一髪だったが、あの話をしていなければ必ず一人は死んでいただろう」

「あなたはあなたで賭けていたと」

「二人ともボロボロになったけど、結果オーライだったね」

「そうだな」

「まったくだ」

リキが呆れたように笑って応じる。

「これからどうするの？」

「江藤とともに、しばらく身を隠す。幹部を裏切ったんだ。竜新会にも追われる身だからな。もっとも、間柴は組織内に敵が多かったから、清々しているやつらもいるだろう。間柴が竜新会に入った当時、一部には子どもを殺したことが道義にもとると言う者もいたそうだ。だが組長始め幹部たちは、あいつの冷酷さは『使える』と評価したらしい」

暴力団の上層部なら確かにそう評価するのかもしれない。瑠美としては理解できない価値観だが、間柴が竜新会に入れなかったら今回こうして見つけ出せなかったと思うと複雑な気分だった。

「俺の部下たちの中には、まだ俺を慕って情報を流してくれるやつがいる。間柴が抱えていた組織は解体されたそうだな。あいつ、ハニートラップのために女を集めていたそうだな。その女たちは解放されたぞ」

「よかった……のかな」

当初は間柴のこの策略に嫌悪感を抱いたが、本意ではなくても、そうすることでしか生きていけない者がいるかもしれない。顔も名も知らぬ彼女たち。これから少しでも苦しまずに生きていってくれるだろうか。

「よかったと思うがな。考え方はいろいろあるだろうが、強制的に従事させられていたという事実は変わらんからな」

「そうだね」

リキは、瑠美の意を汲《く》んでくれたように言って続けた。

「今後の警察の捜査を考えると、間柴の息のかかったやつらは組に残しておかないほうがいいと上が判断したらしい。すべて間柴の責任にするようだ」

間柴はハッピーライフで行われていた犯罪行為を利用者たちの責任にしようとしていた。それが自身の身に降りかかってきたとは皮肉なものだ。

「警察の摘発が入れば、いずれ竜新会は弱体化していくはずだ」

「警視庁に匿名メールを送ったのは……」

「俺だ」

リキは力強く言い切った。名取が推測したとおり、やはりリキだった。

「逃げ切れるといいね。そうそう、江藤さんの止血措置のおかげで命が助かったんだよ。お礼を言いたいんだけど……江藤さんは？」

「今日は来ていないが、礼は伝えておく。あいつは間柴の運転手だが、そのせいで見たくないことをずいぶんと見せられたそうだ。もともとは竜新会系の末端の若衆で、その頃に俺と知り合った。ところが間柴に気に入られてしまってな。運転手には命を預けるため、間柴自身が認めた者しかその役に就けない。間柴は用心深いから、複数の運転手がいる。ガサ入れの前日にほかの運転手に手を回し、あの日は江藤が運転することになった」

ガサ入れ前日、江藤は明日ほかの仕事があると言っていた。それは間柴の運転手としての仕事だったのか。ガサ入れの日を聞いた上で、その日に運転手を務めるつもりだったからそう答えたのだろう。

「清掃員や記者に化けていたのは？」

「もともとは施設の利用者を協力者にする計画だった。操にタレ込ませてもよかったんだが、その場合は匿名通報になる。情報の信頼性の観点から、実際に売買や詐欺に関わっている利用者にデータを入手させて実名でタレ込んだほうがいいと判断したんだ。その選抜のために清掃員として潜《もぐ》り込ませた。大比良に見抜かれないよう、帽子にマスクに加えて付け眉毛《まゆげ》までしてな。津島のオッサンは協力者の候補だったが、より適任がいるかもしれない。清掃員なら各自の部屋に入れるし、会話と称して面接もできる。だがハッピーライフの職員になったあんたのほうが対間柴にも利用できそうだと思い、操に話してから江藤を接近させた。東部クリーンの清掃員をしていた時、利用者に質問していただろう？　江藤が立ち聞きしていて、それで施設に探りを入れているんだと推測した」

東部クリーンで働き始めた当初、カップ麵《めん》を作っていた利用者に質問して給湯室を出た時、江藤とぶつかった。あの時か。

それに職員として勤務を開始した初日に江藤と出くわした。江藤はすぐに瑠美だと見破った。目力がどうとか種明かしをしていたが、何のことはない。すでに九鬼から瑠美のことを知らされていたからだ。だから記者として接触してきた。その記者という身分も、話を引き出すために偽っていた。

「施設を探っているのなら、同じような調査をしている記者を装うことにした。そのほうが親近感を得られやすいからな。実際、あんたは江藤に親しみを覚えたようだった。それから江藤とバーで飲んだ時に警察を貶《けな》されたら、むきになったそうだな。江藤はその反応から、浅からぬ関係だと判断し、情報提供者、つまり協力者ではないかと考えたというわけだ」

東向島のバーで飲んだ時、「警察なんて信頼できるんですか」と言われた。名取を揶揄《やゆ》されたように感じ、つい語調が荒くなった。あれは瑠美の態度や発言を引き出すためだったのか。瑠美が不機嫌になっても、妙に落ち着いていたわけだ。そういえばあの日は……。

「その話をした日は、私が初めて覚醒剤《かくせいざい》の取引現場を見にいった日でしょう？　ハッピーライフから私が出てくるのを待っていたのは……」

「江藤も俺も、取引があると知っていたからな。あの取引現場に居合わせたすぐ後だから、あんたの心は昂《たか》ぶっていて、いろいろと話を引き出しやすいと思ったそうだ」

言われてみれば、あのタイミングでハッピーライフの近くで仕事があったなんて、偶然にしては出来過ぎだ。

「家宅捜索が入るという情報も、江藤から伝えられた」

だからリキは、瑠美が警察の協力者ということと、ガサ入れの日を知っていたのか。リキにガサ入れをタレ込んだ人物……間接的ではあるが、それはほかでもない自分だったのだ。

「ガサ入れ三日前の夜、一度施設に戻ってきただろう。その情報も俺のもとに入ってきていた。いよいよ捜査が入ると思っていたところに、江藤から報告が来た」

データをメモリーカードにコピーしたあの夜、津島に声をかけられた。彼がリキに伝えたのか。瑠美を連れ去る時、リキは津島に瑠美を呼び出すよう頼んだ。津島は協力者の候補だと言っていたが、彼らはもともと繋がっていた。

江藤にはガサ入れの時間までは伝えていなかった。リキは朝から見張っていたのだろう。部下にも警察の動きを監視させていた。ガサ入れ前にリキが施設にいるのを大比良たちに見られるのはまずいから、津島を利用して瑠美を誘い出した。それより前の時間帯に瑠美が行方不明になると大比良に疑われるし、名取たち警察に知られればガサ入れが中止になるかもしれない。ぎりぎりのタイミングを狙って実行したようだ。

「まあ江藤の潜入調査については、そんなわけだ。あいつ、車内で間柴を銃殺しましょうかと申し出てくれたんだ。ありがたい提案だったが、殺すのは俺だと決めていた。あいつを殺人犯にするわけにはいかなかったからな」

「そうだったの……」

江藤の人懐っこい顔を思い浮かべた。あの表情は、さまざまな醜い世界を見せつけられてきた心の痛みを隠すためだったのだろうか。ふと、九鬼の笑顔もそうなのかもしれないと思った。

「九鬼さんも警察が追っているけど？」

「操の行方は俺も知らん」

「竜新会に戻って、あなたたちのことを報告しているかも」

「それはないな。操には今回の計画はすべて話してある。江藤の変装で大比良は騙《だま》せても、あいつは無理だからな。あいつは金で動く。そのために大金を積んだが、交渉が成立すれば裏切らない。だから信用できるし、ガサ入れの情報も伝えた。あいつはもう竜新会にも、俺たちにも用はないだろうよ。ああ、ガサ入れを伝えるメッセージを送った時、あんたとまたランチに行けなかったのを残念がっている返信があった」

「そう……私もちょっと残念かな。九鬼さんのことは警察に伝えてないんだけど」

「できれば伝えないでおいてくれ。だが、そのせいであんたの身が危うくなったら話していい。その程度で捕まる女じゃねえからな」

「わかった。そうする」

ここはリキの要望に応《こた》えようと思った。いざとなれば名取に話すつもりではいるけれど、伝えても伝えなくても九鬼は捕まらないような気がした。

「……じつは俺、出頭も考えたんだ」

「そうなの？」

「復讐のためとはいえ、さまざまな悪事に手を染めてきた。それらを清算しなければならない。しかし、俺にはまだやらなければならないことがある」

「何を？」

「間柴に犯行を命じたやつを見つける。そいつがあんな条件さえ出さなければ、彩矢香は死ななかった」

「警察は捜査してくれるって言っているけど」

「警察は表から攻めればいい。俺は裏側から探っていく。それは俺にしかできないからな。出頭して刑務所に入れられたとして……その間にもそいつはのうのうと暮らしている。俺は彩矢香のために生きてきた。そいつを見つけ出さなければ、何のためにこれまでやってきたのかわからなくなる。自分勝手な考えというのはわかっているが、清算はそれからでも遅くはない」

「それは……あなたが決めることだから。私は私で彩矢香のためにできることをやっていく。だからこれからも警察に協力するし、彼らにも協力してもらう」

「互いに別々の道でそいつを見つけ出すというわけだな」

「あてはあるの？」

「竜新会だろうな。組長や古参幹部は間柴を推薦したやつを知っているはずだ。だが俺は竜新会を裏切ったから、易々《やすやす》とは彼らに近づけない。どうやって聞き出すかはこれから考えるが……最後にひとつ、頼みがある」

「何？」

「俺の考えに江藤も賛成してくれた。これからあいつと二人でやっていくが、困った時には俺たちの手助けをしてくれないか？　協力者として」

「はぁ？　馬鹿言わないでよ」

瑠美が振り返ると、リキの姿はなかった。遠ざかりながら話していたようだ。

まったく……。

「ん？」

足下に黒くてごついウイスキーの箱が置いてある。銘柄を読んで目を剝《む》いた。ボウモア30年ドラゴンセラミックボトル。三十万円はするレア物だ。瑠美は箱を手に取った。

〈女王様へ　江藤より（リキも半分出してくれたよ）〉

と付箋《ふせん》が貼《は》ってある。江藤は奢《おご》る約束まで覚えてくれていたのか。だからといって、リキも一緒になってこんな高級品を……。さっき報酬の代わりにと言いかけていたのは、これか。

それに協力者としてなんて。

でも――彩矢香のために……頭を下げて頼みに来たら考えてやってもいいかな。

それまでに私なりに何者かの情報をつかむ。

瑠美はウイスキーの箱を大事に抱えながら、決意を込めて青い空を見上げた。

本書はハルキ文庫の書き下ろし作品です。

ハルキ文庫

こ 16-1

協力者《きょうりょくしゃ》ルーシー

著者 越尾《こしお》 圭《けい》

2023年5月18日第一刷発行

発行者 角川春樹

発行所 株式会社角川春樹事務所
〒102-0074 東京都千代田区九段南2-1-30 イタリア文化会館

電話 03(3263)5247(編集)
03(3263)5881(営業)

印刷・製本 中央精版印刷株式会社

フォーマット・デザイン 芦澤泰偉
表紙イラストレーション 門坂 流

ISBN978-4-7584-4560-3 C0193 ©2023 Koshio Kei Printed in Japan
http://www.kadokawaharuki.co.jp/[営業]
fanmail@kadokawaharuki.co.jp[編集]　ご意見・ご感想をお寄せください。